A. 雅各武莱夫：

十 月

魯 迅 譯

A. OSIPOVA 作書面

魯 迅 編
現代文藝叢書
之 一

◁ 上 海 神 州 國 光 社 發 行 ▷

作者自傳

我于一八八六年十一月二十三日,生在賽拉妥夫(Saratov)縣的伏力斯克(Volsk)。父親是油漆匠。父家的我的一切親屬,是種地的,伯爵渥爾羅夫·大關陀夫(Orlov-Davidov)的先前的農奴,母家的那些,則是伏爾迦(Volga)河畔的船伙。我的長輩的親戚,沒有一個識得文字的。所有親戚之中,只有我的母親和外祖父,能讀教會用的斯拉夫語的書。然而他們也不會寫字。將進小學校去的時候,我已經自己在教父親看書,寫字了。

當我幼小時候,所看見的,是教士,燈,嚴緊的斷食,香,皮面子很厚很厚的書——這書,我的母親常在幾乎要哭了出來的看着。十歲時候,自己練習看書,幾年之中,看的全是些故事,聖賢的傳記,以及寫着強盜,魔女和林妖的本子——這些是我的愛讀的書。

想做神聖的隱士。在十二年[1]我便遁進沛爾密(Permi)的林中去。也走了幾千威爾斯貮[2]（一直到喀山縣），然而苦于饑餓和跋涉，囘來了。但這時，我也空想着去做強盜。

又是書——古典底的，旅行。還有修學時代（在市立學校裏）。

從十五年起，是獨立生活。一年之間，在略山·烏拉爾(Riazani-Ural)鐵路的電報局，後來是在伏力斯克的郵政局裏做局員，這時候，讀了都介涅夫(Turgeniev)的"父與子"和"牛蒡只是生長"……于是生活都遭頓挫了。因爲遇到了信仰完全失掉那樣的大破綻。來了異常苦惱的時代："那里纔有意義呢？"然而一九〇五年[3]鬧了起來。"這裏有意義和使命。"入了 S. R.[4]。急進派。六年間———是發瘋的鎖索[5]。

然而奇怪：這幾年學得很多。去做實務學校的聽講生，

註1．一九一二年，下做此例。

註2：俄里名。——Verst約中國三百五十丈。

註3：這年有日俄戰爭後的革命。

註4：社會革命黨。

註5：大約是指下獄或監視。

于是進了彼得堡大學的歷史博言科，傾心聽着什伶斯基(Zalinski)，羅式斯基(Losski)，文該羅夫(Vengerov)，彼得羅夫(Petrov)，薩摩丁(Zamotin)，安特略諾夫(Andrianov)等人的崇高而人道主義底的講義，後來就袋子裏藏着手槍，我們聚集起來，空想着革命之後的樂土，向涅夫斯基(Nevski)的關口，那工人們所在之處去了。而這也並非只是空想。

時候到了：西伯亞去。在托蟠里斯克(Tobolsk)縣一年。密林。寂靜。孤獨。思索。不將革命來當我的宗教了。

又到彼得堡，進大學。但往事都如影子，痕跡也不賸了。

我怕被捕。向高加索去了，然而在那邊的格羅士努易(Groznui)，已經等着追蹤者。僻縣的牢獄，死罪犯，夜夜聽到的契契尼亞人的哀歌。人們從許多情節上，在摘發我的罪。我怕了，他們知道着這些事麼，那麼此後就只有絞架了。幸呢還是不幸呢，他們並不知道。

過了半年，被用囚人列車送到波士妥夫・那・堂(Postov-na-Don)去，在巡警的監視之下者五年。

主顯節——是晴朗，烈寒，明晃晃——這天，將我放出街上了，但我的衣袋裏，只有一個波勒了涅克(6)，雖然得了

註6: 錢幣名，約值五角。

釋放,在獄裏却已經受了損傷的。我不知道高興好呢,還是哭好。然而幾乎素不相識的人,幫了我了。

于是用功,外縣的報紙"烏得羅·有迦"(Vtro Ioga)的同人。

一九一四年八月,自往戰線——爲衛生隊員。徒步而隨軍隊之後者一年。一九一五年三月(在什拉爾陀伏附近)的早晨,看見鶯兒在樹上高聲歌唱——大約就在那時,俄羅斯兵約二萬,幾乎被(初次使用的)德國的毒瓦斯所毒死了。

于是戰爭便如一種主題一樣,帶着悲痛,坐在我的靈中。

此後,是墨斯科。"烏得羅·露西"(Utro Rossi)(7)。了很多。也給日報和小雜誌做短篇小説。但在這些作品上,都不加以任何的意義。

一九一七年的三月(8)。于是十月(9)。從一九一八至一九年間的冬天,日夜不離毛皮靴,皮外套,闊邊帽地過活。爲肚餓,手脚都腫了起來。兩個和我最親近的人死掉了。來了可怕的孤獨。

註7: 日報名,還里是猶言在這報館裏做事。

註8: 俄國第一回大革命之月。

註9: 第二回大革命之月,卽本書所描寫的。

絕望的數年。那里去呢？做什麼呢？不是發狂，就是死掉，或者將自己拿在手裏，聽憑一切都來絕緣。文學救了我，創作起來了。現在是很認真。一到夏（每夏），就跋涉于俄羅斯，加以凝視。在看被拋棄了的俄羅斯，在看被抬起來的俄羅斯。

而且，——似乎——俄羅斯，人，人性，是成着我的新宗教。

亞歷山大·雅各武萊夫

目 錄

一 墨斯科鬧了起來…………………… 1
二 布爾喬亞已經亞門了！…………… 7
三 在街頭相遇………………………… 13
四 萬國旅館附近的戰鬥……………… 22
五 在普列思那………………………… 33
六 亞庚………………………………… 41
七 亞庚之死…………………………… 53
八 "惡夢"……………………………… 68
九 母親的痛苦………………………… 73
一〇 可怕的夜………………………… 77
一一 兩個兒子………………………… 84
一二 再見！…………………………… 91
一三 "愛國者"………………………… 98

一四	士官候補生之談	109
一五	廣場上的戰鬥	114
一六	尼啓德門邊的戰鬥	120
一七	退却	130
一八	加里斯湼珂夫之死	137
一九	礟火下的克萊謨林	148
二〇	孤立無援	153
二一	繳械	157
二二	怎麼辦呢？	163
二三	母覓其子	174
二四	要獲得眞的自由	180
二五	亞庚在那里？	186
二六	囘想起來	189
二七	誰是對的？	196
二八	錯了！	200

十月

墨斯科鬧了起來

當母親叫起華西理來的時候，周圍還是昏暗的。她彎了腰俯在睡着的兒子的上面，搖他的肩，一面亢奮得氣促，用尖銳的聲音叫道：

"快起來罷！在開鎗哩！"

華西理喫了驚起來了，坐在牀上。

"說什麼？"

"我說，在開鎗呀；布爾塞維克在開鎗呵……"

母親身穿溫暖的短襖，用灰色的頭巾包着頭髮，站在牀前。在那手裏，有一隻到市場去時，一定帶去的空籃子。

"你就像羊兒見了新門似的發獃，沒有懂麼？凡涅昨晚上沒有囘家來，不知道可能沒事。唉，你，上帝呵！"

母親的臉上忽然打皺，痙孿着，似乎即刻就要哭了。但是熬着，又尖利地嘮叨起來：

"討厭的人們呀，還叫作革命家哩！趕出了皇帝，這回是自己同志們動手打架，大家敲腦袋了。這樣的傢伙，統統用鞭子來抽一通纔好。今天是麵包也沒有給。看罷，我什麼也沒有帶囘來。"

她說着，便提起空籃來塞在兒子的面前。

華西理驟然清楚了。

"原～～～來！"華西理拖長了語音，便卽穿起衣服來，將外套披在肩膀上。

"你那里去呀，胡塗蟲？"母親愁起來了。"一個是運夜不囘來，你又想爬出去了？眞是好兒子……你那里去？"

但華西理並不囘答，就是那樣——也不洗臉，也不掠掠頭髮，頭裏模模胡胡，——飄然走到外面去了。

天上鎖着煙一般的雲，是陰晦的日子，門旁站着靴匠羅皮黎。他是"耶司排司"這諢名的主子，和華西理家並排住着的。隣近人家的旁邊，聚着人山，街上是羣衆擠得黑壓壓地。

"哪，華西理·那札力支，布爾塞維克起事了呀，——耶司排司在扳臉上浮着微笑，來招呼華西理說，——聽哪，不在砰砰砲砲麼？"

華西理聳着耳朶聽。他聽得彷彿就在近邊射擊似的，也在遠處隱約地響。

"那是什麽呀，放的是鎗罷？"他問。

耶司排司點頭給他看。

"鎗呀，半夜裏砰砰确确放起來的。所以流血成河，積屍如山呵，了不得了，華西理·那札力支。"

長身曲背，唇鬚的兩端快到肩頭，穿着過膝的上衣的耶司排司的模樣，簡直像一個加了兩條腿的不等樣的嚇鴉草人。和他一說話，無論誰——熟人也好，生人也好——一定要發笑：耶司排司是滑稽的人。自己也笑，也使別人笑，但現在却不是發笑的亂子了。

"喂，華西理·那札力支？這究竟是怎麽一囘事呢？不是兄弟交鋒麽？咳，蠅子咬的……"

華西理正在傾聽着鎗聲，沒有囘答。

射擊並無間斷，掩在朝霧中的市街，充滿了駭人的聲音。

劈拍……拍……呼呼……——在望得見的遠處的人家後面發響。

"墨斯科阿媽鬧起來了！本是蜂兒嗡嗡，野獸噪叫一般的，現在却動了雷了，簡直好像伊里亞[1]在德威爾斯克大街[2]動彈起來似的了。"耶司排司從橫街的遠處的屋頂上，

註1：伊里亞·羅謨美兹，古代史詩中的大勇士。

望着墨斯科的天空,發出低聲,用了深沉的調子說。"我們在這里,不要緊;要不然,現在就是夾在交叉火線中間哩。"

在街上,——在橋那里,而不是步道上,——華西理的熟人——隆支·里沙夫跑過了。這人原先是貧農,是鐵匠,是壞脾氣的粗暴的蠢才。

"你們爲什麼默站着的?那邊發鎗呀。我打下士們去,"他且跑且喊,鳥的翅子似的揮着兩手,轉過橫街角,消失在默默地站着的羣衆那面了。

"這小子!"耶司排司憤然,絮叨地說:"'打下士去'……狗嘴……你明白什麼緣故麼?這時候,連聰明人也胡塗,這小子的前途,可是漆黑哩。"

華西理立刻悟到,連里沙夫那樣酗酒的獸子,也去領鎗械,可見前幾天鬧讓讓的街頭演說,布爾塞維克的宣傳一定將反響給了民衆了。

"那麼,我們也動手罷,"他心裏想,不覺挺直了身子,笑着轉向鐵匠那面,說道:

"哪,庫慈瑪·華西理支,同去罷!"

"那里去?"耶司排司喫了一驚。

"那邊去,和布爾塞維克打仗去,"華西理說,指着市街

註2: 墨斯科的衝要處所。

那邊。

靴匠愕然地看着華西理的臉。

"說什麼？……同我？…………後來再去……連你……還是不去罷。"

"爲什麽呢？"華西理問道。

"事情重大了呀。打去也是，被打也是，但緊要的是……"耶司排司沒有說完，便住了口，順下眼睛去，用不安的指尖摸着鬍鬚。

"緊要的是什麽？"

"緊要的,是眞的眞理呀……沒有人知道。你們的演說我也聽過了……誰都說是有眞理，其實呢，誰也沒有的。眞理究竟在那裏？我還沒有懂得眞的眞理，那能去打活的人呢？這些處所你可想過了沒有？"

靴匠凝視着華西理的眼。

"去打即使是好的……但一不小心，也許會成了反抗眞理的哩，對不對？"

"唉，你還在講古老話。流氓爬出洞來了，何嘗是眞理呀！拋下你這樣的眞理罷！"華西理不耐地揮一揮手,趕快離開門邊，囘到家裏去了。

過了五分鐘，帶着皮手套,衣服整然的他，就從大門泡出,跟着也跑出了池的母親。

"要囘來的呀,一定!囘來呀!"她大聲叫道。

然而華西理並不囘答,也不囘頭,粗暴地拉開耳門,又關上了。

"去麼?"還站在門旁的耶司排司問。

"自然去,"華西理冷冷地囘答着,向動物園那邊,從橫街跑向聽到鎗聲的市街去了。

布爾喬亞已經亞門了！

普列思那道街道上，已經塞滿了人們。直到街角，步道車路上，都是羣集；電車不通了，馬車和摩托車也消聲匿跡街上是好像大典日子一般的肅靜。而從市街的中央，從庫特林廣場的那邊，則沒有間斷地聽到隱隱約約的鎗聲。

緊張着的羣衆，發小聲互相私語，用了彷彿還未從惡夢全醒似的恍惚的沒有理解力的眼色，眺望着遠處。

穿着黑色防寒靴和灰色防寒外套的一個老女人，向着半隱在曉霧裏面的教堂的鐘樓那邊，劃着十字，大聲說，給人們聽到：

"主呵，不要轉過臉去，賜給慈悲罷⋯⋯主呵，請息你的憤怒罷⋯⋯"

華西理簡直像被趕一般，奔向市的中央去。

他飛跑，要從速參加戰鬪——將瘋狂的計劃殺人的那些東西，打成虀粉。他因爲飛跑，身子發抖了，但步法還很穩，大擺着兩手，橐橐地響着靴後跟，挺起胸脯，進向前面。異樣地擔心，恐怕來不及，這擔心，就趕得他着忙。

在動物園的後面，這纔看見了負傷者。還很年青的薔薇色面龐的看護婦，將頭上縛着繃帶的一個工人，載在馬車上，運往醫學校那邊去。那繃帶身上滲着血，繃帶上面是亂髮蓬鬆的頭的樣子，恰如戴着紅白帶子做成的首飾的派普亞斯士人的頭。工人的臉是灰色的，嘴唇因爲難堪的苦痛，歪斜着。

到庫特林廣場來一看，往市中央去的全是青年工人或青年，從那邊來的是服裝頗像樣的男女。有抱孩子的，有背包裹的。他們的臉都蒼白色，彷彿被逐一般，慌慌張張地走，傑在街角上休息一下，便又跑向市街的盡頭那一面去了。一個頭戴羊皮帽，身穿綴着大黑釦子的外套的中年的胖女人，跨開細步在車路上跑，不斷地劃着十字。

"阿唷，爸爸，主子耶穌……阿唷，親生爹媽！……"她用可憐的頹唐的聲音，呻吟着村婦似的口調。

這女人的兩頰在發抖，從帽邊下，擠出着半白的髮根的短毛。剪短了鬍子的一個高大的男人，背着大的白包裹，和他並排是臉色鐵青的年青女子，兩手抱着哭喊的孩子，跑來了。在街角上，羣集中的一個發問道：

"怎樣？那邊怎樣？"

"在搶呀，驅逐出屋呀，我們就被趕出來的。什麼都要弄得精光的。"他並不停脚，快口地回答說。

羣集中間，孩子們在哭。那可憐的無靠的哭聲，令人愈加覺得在豫告那襲來的雷雨之可怕。華西理的喉嚨忽然發鹹，眼睛也作癢。他揑着拳頭，大踏步進向市的中央去。快去呵，快去呵！

起了鎗聲，那接近和尖銳，使他驚聳。是在尼啓德大廣場和亞爾巴德附近，射擊起來了。巳經很近，大概就在那些人家的後面罷。

華西理想一逕走往騎馬練習所 (1) 那面去，但在尼啓德門那里，有一隊上了刺刀的兵士塞着路，不准通行。

"不要走近去。不要過去，那邊去罷……"一個生着稀疏的黃鬍子的短小的兵，用了命令式的口調大聲說。這兵是顯着頑固的不夠聰明的臉相的。

兵的旁邊聚着羣衆，也像普列思那街的人們一樣，是惶惶然，傾聽鎗聲，一聲不響，無法可想，獸頭獸腦的人們。

華西理站住了。向那里走呢？還是遶過去呢？……他一

註1：在克萊謨林附近。

面想着,忽然去傾聽兵們的話了。

"布爾喬亞已經亞門了(1)。統統收拾掉。"一個兵將步錦從這肩換到那肩,自負地說。"智識階級一向隨意霸佔,什麼也不肯給我們。現在,我們來將那些小子……"

兵士怒罵着。

"那麼,你們要怎樣呢?"帽簷低到垂眉,手裏拿杖的白鬚老人問。

"我們?我們要都給工人……我們現在有力量。"

"你們也許有力量,然而暴力是滅掉智慧的呵,愚人從來是向賢人舉手的,這一定。"老人含着怒氣說。

羣眾裏起了笑聲。老人用黃的手杖敲着車路,還在說下去:

"你們還是用腳後跟想事情的青年人,即使你是布爾塞維克罷……上帝造了仿照自己的模樣的人,但布爾塞維克的你們,却是照了猶大(2)的模樣來造的,是的……"

兵士憤然轉過臉去,老人向羣眾叫了起來:

註1: Bourgeois在現在的意義爲"有產者"。Amin本是希伯來語的讚歎詞,意云"的確"或"眞的",基督敎徒用于祈禱收場時,故在這裏作"完結"解。

註2: 耶穌的門徒,爾賣耶穌者。

"都是賣國賊，沒有議論的餘地的。是用了德國的錢在做事呀。德國人用了金的子彈在射擊，金的子彈是決不會打不中的。'黃金比熱鐵，更易化人心'這老話頭，是不錯的。現在呢，是德國的錢走進了墨斯科阿媽這里，在滅亡俄國的精神了。一看現狀，不就明白？……"

　　紅鬍子的兵又走近老人去，似乎想說什麼話，但中途在鄰近的橫街裏起了鎗聲，這就像信號似的，立刻向四面的街道行了一齊射擊。這瞬間，市街彷彿是發狂了。令人覺得當下便會有怪物從什么角落裏跳了出來，也許在眼前殺掉人類。

　　不知道是誰，粗野地短促地喊了一聲：

　　"唉！"

　　心驚膽戰的羣衆，便沿着房子的牆壁走散，躲在曲角裏，凹角後，大門邊，遍身在發抖。兵們將身體緊貼着牆，神經底地橫捏了步鎗，在防衛自己，並且準備射擊敵人。被羣衆的恐怖心所驅遣的華西理，也鑽進一家小店的地窖去，那裏面已經填滿了人們……

　　然而鎗聲突然開始，又突然停止了。從各處的角落裏，又爬出嚇得還在慌慌張張的人們來。于是那短小的兵便到街中央去，放開喉嚨大叫道：

"喂,走,都退開!快走!要開鎗了!"

他將鎗靠在肩上向空中射擊了。接着又放了兩三響。

羣衆又沿着牆壁散走,四顧着,掩藏着,跑走了。

華西理心裏鬱勃起來。他看見那放鎗的兵連脚趾尖都在發抖,單靠着叫喊和開鎗,來賣弄他的膽子。他想,給這樣的小子喫一鎗。倒也許是很好玩的。

但他知道了從這里不能走到市中央去,華西理便順着列樹路,繞將過去了。

在街頭相遇

　　過了早晨已經不少時光了,周圍還昏暗,天空遮滿着沈重的灰色的雲,冷了起來。在列樹路的葉子凋落了的晚秋的菩提樹下,和思德拉斯忒廣場上,滿是人。羣衆是或在這邊聚成一堆,或在那邊坐在長椅上,傾聽着市街中央所起的鎗聲,推測牠是出于那里的,並且發議論。思德拉斯忒廣場中,密集着兵士,將德威爾斯克街的通路阻塞,這街可通到總督衙門去,現在是布爾塞維克支隊的本營。

　　滿載着武裝兵士的幾輛摩托車,從哈陀因加那方面駛過來了,但遠遠望去,那摩托車就好像插着奇花異草的大花瓶,火焰似的旗子在車上飛揚,旗的周圍林立着上了刺刀的鎗枝,灰色衣的兵士,黑色衣的工人,都從兩肩交叉地掛着機關鎗的彈藥帶。

　　摩托車後面,跟着一隊兵士和紅軍,隊伍各式各樣,或是密集着，或是散列着走。紅軍的多數，是穿着不乾淨的勞動服的青年，繫了新的軍用皮帶，帶上掛一隻裝着子彈的麻袋。這些人們都背不慣鎗，亢奮着，而時時從這肩換到那肩，每一換，就回頭向後面看。

華西理雜入那站在兩旁步道上的羣衆裏，皺着眉，旁觀他們。

他們排成了黑色和灰色的長串前行，然而好像屈從着誰的意志似的，旣不沈著，也沒有自信。一到<u>特密德里·薩陀文斯基教堂</u>附近的角上，便站住，大約有五十八模樣，聚作一團。那將大黑帽一直拉到耳邊，步鎗在頭上搖擺，灰色的麻袋掛在前面的他們的樣子，實在頗滑稽，而且戰鬪的意志也未必堅決，所以舉動就很遲疑了。

他們望着布爾塞維克聚集之處，並且聽到鎗聲的總督衙門那邊，似乎在等候着什麼事。

"爲什麼站住了？快去！"一個兵向他們吆喝着，走了過去。"怕了麼？在這裏幹嗎呀？"

工人們喫了一驚，又怯怯地跟着兵們走動起來，但緊靠着旁邊，順着人家的牆壁，很客氣地分開了塡塞步道的羣衆，向前進行。

華西理是用了輕蔑的眼睛在看他們的，但驟然渾身發抖。這是因爲在紅軍裏，看見了鄰居的機織女工的兒子亞庚——僅僅十六歲的跟跟蹌蹌的小孩子在裏面。

亞庚身穿口袋快破了的發紅的外套，脚登破爛的長靴，戴着圓錐形的灰色帽子，顯着獃頭獃腦的態度，向那邊去。肩上是鎗，帶上是掛着彈藥袋。華西理疑心自己的眼睛了，錯愕了一下。

"亞庚，你那裏去？"他厲聲問。

亞庚立刻囘頭，在羣衆中尋覓叫他的聲音的主子，因爲看見了華西理，便高興地搖搖頭。

"那邊去！——他一手遙指着德威爾斯克街的大路。——我們都去。早上去了一百來個，現在是剩下的去了。你爲什麼不拿鎗呀？"

他說着，不等囘答，便跑上前，趕他的同伴去了。華西理沈默着，目送着亞庚。亞庚小心地分開了羣衆，從步道上進行，不多久，那跟蹌的粗魯的影子，便消失在黑壓壓的人堆裏面了。

華西理這一驚非同小可。

"這眞奇怪不？亞庚？……成了布爾塞維克了？……拿着鎗？"他一面想到自己，疑惑起來。"那麼，我也得向這小子開鎗麼？"

華西理像是從頭到脚澆了冷水一般發起抖來，用了想要看懂什麼似的眼光，看着羣衆。是亞庚的好朋友，又是保護人的自己，現在却應該用鎗口相向，這總是一個矛盾，說不過去的。于是華西理很興奮，將支持不住的身子，靠在牆壁上。

亞庚，是易受運動的活潑的孩子。半月以前，他還是一個社會革命黨員，每有集會，還是爲黨舌戰了的，然而現在却掛着彈藥袋，肩着鎗，幫着布爾塞維克，要驅逐社會革命黨員了。華西理苦思焦慮，想追上亞庚，拉他回來。但是怎麼拉回來呢？到底是拉不回來的。

華西理全身感到惡寒，將身子緊靠了牆壁。

他原是用了新的眼睛，在看那些赴戰的兵士和工人們的，但現在精細地來鑑別那一羣人的底子，却多是向來一同做事的人們。

"都是胡塗蟲！都是混帳東西！"華西理于是切齒罵了起來。

他仍如早上所感一樣，以爲這些人們很可惡，然而和這同時，也覺得自己的決心有些動搖了。

"和那些人們對刀？相殺？這究竟算是爲什麼呢？"

遠遠地聽到歌聲，于是從修道院（在思德拉斯忒廣場的)後面,有武裝的工人大約一百名的一圈出現。他們整然成列,高唱着"一齊開步,同志們"的歌,前面揚着紅旗前進。那旗手,是高大的,漆黑的鬍子蓬鬆的工人,身穿磨損了的革製立領服。跟着他是每列八人前進,都背步鎗,鎗柄在頭上參差擺動。

站在廣場四角上的兵士和紅軍,看見這一隊工人,便喊起"嗚拉"來歡迎:

"嗚拉～～,同志們!嗚啦～～!……"

他們搖帽子,高擎了鎗枝,勇敢地將這揮動……戰鬪底鼓譟瀰漫了廣場。站在步道上的羣眾,怕得向旁邊閃避,工人和兵士便並列着從街道前進,以向戰場。于是又起了歌聲:

　　　一齊開步,同志們……

華西理臉色青白,靠在擦靴人的小屋旁的壁上。這歌和那吶喊,堂堂的隊伍,鎗聲,他的心情顛倒了,覺得好像有一種東西,雖然不明白是什麼,但是罩在頭上了。

"那就是布爾塞維克麼?真是的?"

不然不然,並不是什麼布爾塞維克。那些都是隨便,懶懶,頂愛賭博和酒的工人們。急于搞亂,所以跑去的……那一流,是摘讀"珂貝克"(1)的俄羅斯的無產者。

然而,這沒有智識的無產者,却前去决定俄羅斯的命運……呸,這眞眞氣死人了!……

但怎樣纔能拉住這無產者呢? 開鎗麼? 總得殺麼?……
連那小孩子亞庚,竟也一同前進……
華西理幾乎要大叫起來。

工人們有時膽怯,有時膽壯,有時唱歌,繼續着前進。華西理覺得彷彿在霧裏彷徨着,在看他們。

駭愕而無法遣悶的他,站在羣集裏許多時,于是走過列樹路,頹然坐在修道院壁下的板椅上。他的頭發熱,兩手顫得心煩,覺得很疲乏,顳顬一陣一陣地作痛。

突然在他頂上,修道院塔的大時鐘敲打起來了。那音響,恰如徘徊在濃霧的秋夜的天空裏,交鳴着的候鳥的聲音,又凄涼,又哀慘。華西理一聽這,便從新感到了近于絕望的深愁。

"那麽,以後怎麽辦呢?"他自己問自己。

這時從對面的屋後面,劈劈拍拍發出鎗聲來……

華西理化了石似的凝視着地面,交叉兩腕,無法可想,坐在椅子上。他所明白的,只有一件事,就是,向着曾經庇護

註1: "Kopeika",工人所看的便宜的低級報紙。

同志,而現在却要破壞故鄉都會的不懂事的亞庚開鎗,是不能够的。

戰鬪更加猛烈了……爲什麼而戰的?總是說,爲眞理而戰的罷。但誰知道那眞理呢?

將近正午,從郊外的什麼地方開始了破擊,那聲音在墨斯科全市上,好像雷鳴一般。受驚的鴉羣發着銳叫,從修道院的屋頂霍然飛起,空中是鴿子團團地飛翔。市街動搖了,載着兵士和武裝工人的摩托車,疾馳得更起勁,紅軍幾乎是開着快步前行。但羣集却沈靜下去,人數逐漸減少了。

華西理再到了思德拉斯凱廣場,然而很疲乏,成了現在是無論市中的騷亂到怎樣,也不再管的心情了。

他站了一會,看着來來往往的羣衆,于是並無定向,就在列樹路上走。他連自己也覺得悔恨……多年準備着政爭,也會等候,也會焦急,也曾熱中,然而一到決定勝負的時機來到眼前的時候,却將這失掉了。

昨天和哥哥伊凡談論之際,他說,凡有幫助布爾塞維克的擾亂的人們,只是狂熱者和小偷和獃子這三種類,所以即使打殺,也不要緊的。

"我連眼也不眨,打殺他們,"伊凡坦然說。

"我也不饒放的,"華西理也贊成了他哥哥的話,于是說道。

　　但現在想起這話來，羞得胸脯發冷，心臟一下子收縮了。

　　羣衆還聚在列樹路上發議論。華西理走到德盧勃邪廣場，從這里轉彎，經過橫街，到了正在交戰的"亞訶德尼·略特"(1)。他現在不過被莫明其妙的好奇心所驅使罷了。

　　從列樹路漸漸接近市的中央去，街道也愈顯得幽靜，怕人。身穿破衣服的孩子的羣，跑過十字路，貼在角角落落裏。一看，門邊和屋角多站着拿鎗的兵士，注視着街道這邊。這一天，是陰晦的灰色的天氣，低垂的雲，在空中徐行。

　　在"亞訶德尼·略特"，鎗聲接連不斷。戰鬪的叫喊，侵襲街道的恐慌情景，從凸角到凸角，從橫街到橫街，翩然跳過去的人們的姿態，都將活氣灌進了華西理的心中。

　　他不知不覺的昂奮起來，又像早上一樣，想闖進鎗聲在響的地方去了。

　　周圍的物象——無論人家，街道，且至于連天空——上，都映着異樣的影子。這是平日熟識的街，但却不像那街了。並排的人家，車路和步道，店鋪，本是華西理幼年時代以來的舊相識，然而彷彿已經完全兩樣。街道是寂靜的，却是

註1：墨斯科有名的市場，克萊謨林宮附近的四通八達之處。

嚇人的静。在那厚的牆壁的後面，掛着帷幔的窗戶的深處，喪魂失魄的人們在發抖，想免于突然的死亡。在森嚴的街道上，也籠着魘人的惡夢一般的，難以言語形容的一種情景。好像一切店鋪，一切人家，都迫于死亡和殺戮，便變了模樣似的。

華西理從墻壁的這凸角跳到那凸角，彎着身子，徇着壁沿，走到了"亞訶德尼·略特"的一隅，在此趁着好機會，橫過大路，躲在木造的小雜貨店後面了。

戰鬭就在這附近。

萬國旅館附近的戰鬪

小雜貨店後面，躱着賣晚報的破衣服孩子，浮浪人，從學校的歸途中，挾着書本逃進這里來的中學生等。每一射擊，他們便伏在地面上，或躱進箱後面，或將身子嵌在兩店之間的狹縫中，然而鎗聲一歇，就如小鼠一樣，又惴惴地伸出頭來。因爲想看駭人的情形，眼光灼灼地去望市街的大路了。

從德威爾斯克和"亞訶德尼·略特"的轉角的高大的紅牆房子裏，有人開了鎗。這房子的樓上是病院，下面是乾貨店，從玻璃窗間，可以望見閃閃的金屬製的櫃檯，和軋碎咖啡的器械，但陳列窗的大玻璃，已被鎗彈打通，電光形地開着裂。樓上的病院的各窗中，則閃爍看兵士和工人，時而從窗沿彎出身子來，擔心地俯瞰着大路。

"阿呀，對面有士官候補生們來了！"在華西理旁邊的孩子，指着墨斯科大學那面，叫了起來。

"在那里？是那些？順着牆壁來的那些？"

"哪，那邊，你看不見？從對面來了呀！"

"但你不要指點。如果他們疑心是信號，就要開鎗的。"一個酒喝得滿臉青腫了的浮浪人，制止孩子說。

孩子們從小店後面伸出頭去，華西理也向士官候補生所從來的那方面凝視。從大學近旁起，沿着"摩訶伐耶"街，穿灰色外套，橫挭步鎗的一團，椢連續如長蛇。他們將身子靠着壁，蹲得很低，環顧周圍，慢慢地前進。數目大概不到二十人，然而後面跟着一團挭鎗輕步的大學生。

"阿，就要開手了！——華西理想。——士官候補生很少，大學生多着哩。阿呀阿呀……"

在紅房子裏，兵士和工人忽然喧擾起來了，這是因爲看見了進逼的敵人的緣故。一個戴着藍帽子的青年的工人，從這屋子的大門直上的窗間，伸出臉來，向士官候補生們走來的那面眺望，將鎗從新擺好，使他易于射擊。別的人們是隱在厚的墻壁後面，都聚向接近街角的窗邊。華西理的心臟跳得很響，兩手發冷，自己想道：

"就要開頭了！"

拍！——這時不知那里開了一鎗。

从窗间，从街上，就一齐应战。

石灰从红房子上打了下来，落在步道上，尘埃在墙壁周围腾起，好像轻烟，窗玻璃发了哀音在叫喊。孩子们惊扰着躲到小店之间和箱后面去。华西理是紧贴在暗的拐角的壁上。有谁跑过市场的大街去了，靴声橐橐地很响亮。

华西理再望外面的时候，红房子的窗间已没有人影子，只有蓝帽的青年工人还在窗口，环顾周围，向一个方向瞄准。

灰色外套的士官候补生们和蓝色的大学生们，猫一般放轻脚步，走近街角来。一队刚走近时，华西理一看，是缀着金色肩章的将校站在前面的，还很年青，身穿精制的长外套，头戴漂亮的军帽。他的左手戴着手套，但担着鎗身的雪白的露出的右手，却在微微发抖。终于这将校弯了头颈，眺望过红屋子，突然现身前进了。蓝帽子的工人便扭着身子，将鎗口对定这将校。

"就要打死了！"华西理自己想。

他心脏停了跳动，紧缩起来……简直像化了石一般，眼也不瞬地注视着将校的模样。

拍！——从窗间开了一鎗。

将校的头便往后一仰，抛下鎗，刚向旁边彷佛走了一步，脚又被長外套的下襟纏住，倒在地上了。

"不錯!"有誰在華西理的近旁大聲說。

"給打死了，將官統打死了!"躲在箱後面的孩子們也嚷着，還不禁跳上車路去。"打着腦袋了！一定的，是腦袋呀!"

士官候補生騷擾着，更加緊貼着牆壁，不再前行。就在左近的兩個人，却跑到將校那邊來，抱起他沿着壁運走了。

在紅房子的窗口，又有人影出現；射擊了將校的那工人，忽然從窗沿站起，向屋裏的誰說了幾句話，將手一揮，又伏在窗沿上，定起瞄準來。

呼!——在空中什麼地方一聲響。

華西理愕然囘顧，因爲這好像就從自己的後面打來一樣，孩子們嚷了起來。

"從屋頂上打來的呀！瞧罷，瞧罷，一個人給打死了!……"

華西理去看窗口，只見那藍帽子工人想要站起，在窗沿上掙扎，鎗敲着牆。他的兩手已經儘量伸長了。但沒有將鎗放掉。

工人雖想掙扎起來，但終于無效，像捕捉空氣一樣，張着大口，到底將揑着鎗的那手掌鬆開。于是鎗掉在步道上，他也跌倒，軟軟的躺在窗沿上了。藍帽子團着飛到車路上去，頭髮凌亂，長而鬆鬆地下垂着。

鎗聲從各處起來，紅房子的正面全體，又被白塵埃的雲所掩蔽，聽到子彈打在壁上的剝剝聲。孩子們像受驚的小鼠一般，竄來竄去，漸漸走遠了危險之處。一個倒大膽的白白的中學生跑到步道上，外套的下襟絆了脚，撲通的倒在骯髒的街石上了，連忙爬起，一隻手掩着跌破的鼻子，跳進了一條狹小的橫街。

華西理向周圍四顧。這兩個死，使他的心情顛倒了。
"究竟這是怎麽一囘事呢？"他出了聲，自問自答着。

一看那旁邊的店的店面，有寫着"新鮮鳥獸肉"的招牌，在那隔壁，則有寫着"蘿蔔，胡瓜，葱"的招牌……這原是大店小鋪成排的熟識的亞訶德尼・略特呵，但現在却在這地方戰爭，人類大家在互相殺戮……

雨似的鎗彈，劇烈地打着雜貨店的牆壁，窗玻璃破碎有聲，屋上的亞鉛板也被撕破了。

驀地聽到摩托車聲，將鎗聲壓倒，射擊也漸漸緩慢起來。大約因爲射擊手對于這大膽胡行的摩托車中人，也無可奈何了。華西理從藏身處望出去，見有大箱子似的灰色的怪物，從戲院廣場那面走來。同時聽得雜貨店後面，有孩子的聲音在說：

"是鐵甲摩托呀,快躱罷?"

摩托車靜靜地,鎭定地駛近紅房子來。

這瞬間,便從車中"沙!"的發了一聲響。

紅房子的一角就蔽在煙塵中,石片,油灰,窗框子,露臺的闌干,合縫的碎塊之類,都散落在道路上。射擊非常之烈,華西理的兩耳裏,唸唸地響了起來。

接着碎聲,是機關鎗的聲音,冷靜地整肅地作響。

拍,拍,拍拍拍拍……

士官候補生和大學生的一隊,從摩訶伐耶街跑向轉角那邊,躺在靠牆的髒地上,對着德威爾斯克街,施行急射擊。瞬息之間,亞訶德尼‧略特已被他們佔領,布爾塞維克逃走了。射擊漸漸沈靜下去,分明地聽得在轉角處,喊着獸吼一般的聲音:

"佔領門外的空地去罷!"

孩子們從雜貨店和箱子後面爬出,又在角落裏,造成了雜色的一團。

"喂,那邊的你們!走開!不走,就要打死了!"左手揑鎗,留着煩鬚的一個大學生高聲說。

孩子們躱避了;然而沒有走。被要看駭人的事物的好奇心所驅使,還是停在危險處所,想知道後來是怎樣……

鐵甲摩托車一走，形勢又不穩了。德威爾斯克街方面起了鎗聲，聚在"萬國旅館"附近的士官候補生和大學生，便去應戰，人家的牆壁又是石灰迸落，塵埃紛飛，玻璃窗瑟瑟地作響。剛覺得紅房子的樓上有了人影，就已經在開鎗。這屋子的凡有玻璃，無不破碎飛散，全座房屋恰如從漆黑的嘴裏，噴出火來的瞎眼的怪物一般。

　　一個士官候補生想從狙擊逃脫，絆倒在車路上，好像中彈的雀子，團團迴旋，又用手脚爬走，然而跌倒了。從德威爾斯克街和紅房子裏，彷彿競技似的都給他一個猛射，那候補生便抛了鎗，默默地爬向街的一角去，但終於伸直身子，仆下地，成爲灰色的一堆，輸在車路上。射擊成爲亂射，友仇的所在，分不清楚了。

　　這時候，從大學那邊向着大戲院方面，馳來了一輛滿載着武裝大學生和將校的運貨摩托車，剛近亞訶德尼·略特大學生們便給那紅房子和德威爾斯克街下了彈雨。兵士和工人因此只好退到德威爾斯克街的上邊去，躱在門邊和房子的凸角的背後。

　　過了不多久，摩托車開回來了，恰如勝利者一般，靜靜地在街中央經過。剛到街的轉角，忽然從德威爾斯克街起了猛射，摩托車後身的木殼上，便迸出汽油來，白繩似的流在地上，車就正在十字街頭停止了。大學生和士官候補生怕射擊，狠狠起來，伏在摩托車的底面，將身子緊貼着橫板，或者跳下地來，靠輪子做掩護，但敵手的鎗彈，無所不到，橫板受着彈，那木片飛迸得很遠。有人叫喊起來：

"唉唉……救命呀！"

剛看見一個孩子般的年青的將校跳到車路上，就踏跟幾步，破布包似的圍着倒在輪邊了。從摩托車裏已經沒有人在射擊，破碎的車身空站在十字路上，車輪附近是橫七豎八躺着鎗殺的人……只有微微地呻吟之聲，還可以聽到：

"阿唷……阿……阿唷！……"

從德威爾斯克街還繼續放着鎗，負傷者就這樣地被委棄得很久。少頃之後，戴白帽，穿革製立領服，袖綴紅十字章的一個年青的女人，從十字街廟的後面走出來了。她也不看德威爾斯克那面，也不要求停鎗，簡直像是沒有聽到鎗聲似的，然而兩面的射擊，却自然突然停止，士官候補生，大學生，兵士，工人，都從箱子後面慴慴地伸出頭來。華西理也以異常緊張的心情，看着這女子的舉動。她走近摩托車，彎下身子去，略搖一搖躺在車輪附近的人，便握手囘頭，望着，不作聲了。這瞬間，是周圍寂然，歸于死一般的幽靜。只有從"亞爾巴德"和"盧比安加"傳來的鎗聲，使這闃然無聲的空

街的空氣振動。那年青的女人兩足動着裙裾,走到摩托車車邊,略一彎腰,便直了起來,叫道:

"看護兵,有負傷的在這里!"

于是兩個看護兵開快步走近摩托車去,拉起負傷的人來。好像要給誰看的一般,拉得很高。那是身穿騎兵的長外套的將校,塗磁油的長統靴上,裝着剌馬的拍車。軍帽不知道滾到那里去了,皺縮的黑髮,成束的垂在額上,鎗彈大約是打掉牙齒,鑽進肚裏去了,還在呻吟。

看護兵將那將校移放在車旁的擔架上,但當從摩托車拉起負傷者來的時候,長外套的下緣被血漿粘得溼漉漉地,受着日光,異樣的閃爍,貼在長統靴子上的情景,却映入了華西理的眼中。

運去了這將校之後,是一個一個地來搬戰死者。不知從那里又走出別的看護兵來,彷彿搬運夫的搬沈重貨物一般,將死屍背着運走。他們互相攙扶,也不怎樣忙迫,就像做平常事情模樣。尤其是一個矮小而彎脚的看護兵,他不背死屍,單是幫人將這背在背上,幫了之後,便略略退後,悠悠然用圍身布擦着血污的兩手。

其次是運一個外套上綴着閃閃的肩章的大學生的屍骸,背在背上的死人的身軀,伸得很長,掛下的兩脚,嚇人地在擺動。

看客的一團，都屛息疑視着看護兵的擧動，只有孩子們在喧嚷，高聲數着戰死者的數目，彷彿因爲見了珍奇的光景，很爲高興似的。

"呵，這是第十個了！這囘的，是將官呀！瞧罷，滿鼻子都是血，打着了鼻子的罷！"

華西理嚇得膽寒；好像化了石，癡立在雜貨店旁。他這樣接近地看了可怕的死的情形，還是第一次。

年青的他們，坐着摩托車前來，臨死之前，還在歡笑，敏觀，決計置死生于度外而戰鬭，但此刻，却像裝着燕麥袋子之類似的，被看護兵背去了，不自然地拖下的兩脚，嚇人地擺着，頭在別人的背梁上，囊囊地叩着。

摩托車已被破壞，橫板打得稀爛，步鎗和被誰的脚踏過的軍帽，到處散亂着，汽油流出之處，成了好像帶黑的水溜。

最後的死屍搬去了。

革製立領服的女人四顧附近，彷彿在搜尋是否還有死人似的，于是也就跟着看護兵走掉了。

在"萬國旅館"附近的士官候補生和大學生們，便又喧嚣起來，好像在捉迷藏一般，很注意地窺看德威爾斯克街的拐角，其中的兩個人伏在步道上，響着步鎗的機頭。華西理看見他們在瞄準。

　　吧！——幾乎同時，兩個人都開了鎗。

　　接着這鎗聲，立刻聽到德威爾斯克街那面，有較之人類的叫喊，倒近于野獸的尖吼的音響，同時也開起鎗來。

　　看客的一團慌亂得好像在被射擊，都躱到隱蔽地方去，華西理也不自覺地逃走了。

　　但華西理並沒有知道射擊了運貨摩托車的布爾塞維克的一隊之中，就有這早晨使他覺得討厭的好友亞庚在裏面……

在普列思那

這天一整天，亞庚好像做着不安的夢，他不能辨別事件的性質，戰鬥的理由，以及應該參加與否。單是伏在青年的胸中的想做一做出奇的冒險的一種模胡的渴望，將他推進戰鬥裏去了。況且普列思那的青年們，都已前往。像亞庚那樣的活潑的人物，是不會落後的。同志們都去了。那就……

他也去了。

被夜間的鎗聲所驚駭的工人們，一早就倦眼惺忪地聚在工廠的門邊，開了臨時的會議。副工頭隆支・彼得羅微支，是一個認真的嚴峻的漢子，一句一句地說道：

"重大的時機到了，同志們。如果布爾喬亞得了勝，我們的自由，已經得到的權利，就要統統失掉的。這樣的機會，恐怕是不會再有的了。大家拿起武器來。去戰鬥去，同志們！"

年老的工人們默默地皺了眉，大約是不明白事件的眞相。但年青的却堅決地囘答道：

"戰鬥去！掃掉布爾喬亞！殺掉布爾喬亞！"

亞庚是隆支・彼得羅微支的崇拜者，他相信彼得羅微支是眞摯的意志堅強的漢子，說話的時候，是說眞話的人。但要緊的動機，是因爲要打一囘仗……于是他就和大家一同唱着"伐爾賽凡加"(1)，從工廠門口向俱樂部去——向紅軍去報名。

他在工人俱樂部裏報了名，但俱樂部已經不是俱樂部，改成紅軍策動的本部了，大門口就揭示着這意思。

報名的辦法是簡單的。一個將破舊的大黑帽子戴在腦後的不相識的年青工人，嘴裏啣着煙捲，將報名人的姓名記在藍色的學生用雜記簿子上。

"姓呢？"當亞庚彷彿手脚都被綑綁一般，怯怯地，心跳着走到那工人的桌子前面時，他問。

"亞庚・羅卓夫，"亞庚沙聲地答。

"從什麽工廠來的？"工人問道，眼睛沒有離開那簿子。

亞庚給了說明。

"鎗的號數呢？"工人于是用了一樣的口調問。

"什麽？"亞庚不懂他所問的意思，囘問道。

註1: Varshavianka,盛行于三十餘年前的有名的曲子。

但對于這質問，却有一個站在堆在桌子左近的鎗枝旁邊的兵士，替他答覆了。

那兵士說出一串長長的數目字來，將鎗交給正在發獃的亞庚的手裏。

"到那邊的桌子那里去，"他說，用一隻手指着屋子的深處。那地方聚集着許多帶鎗的工人們。亞庚雙手緊揑着鎗，不好意思地笑着，走向那邊去了。他覺得好像變了綿花偶人兒一般，失了手脚的感覺，浮在雲霧裏似的。他接取了一種紙張，彈藥囊，彈藥和皮帶。一個活潑的兵士便來說明閉鎖機，敎給拿鎗的方法，將鎗拿在手裏，畢剝畢剝地響着機頭，問道：

"懂了麽，同志？"

"懂了，"亞庚雖然這樣地囘答了，但因為張皇失措和新鮮的事情，其實是連一句也沒有懂。

工人們在屋角的窗邊注視着剛纔領到的鎗，裝好子鎗，關上閉鎖機，緊束了新的兵士用的皮帶，正在約定那還來同去的人們。大的屋子有些寒涼，又煙又溼。充滿着便宜煙草的氣味。

"阿呀，亞庚也和我們……氣，"一個沒有鬍子的矮小的工人，高興地說，于是向亞庚問道，"報了名了？"

"報了名了，"亞庚滿含着微笑，囘答說。

"且慢，且慢，同志，"別一個長方臉的工人，用了輕蔑的調子，向他說道，"你原是社會革命黨的一夥呀。現在爲什麼到這里來的？"

亞庚很惶窘，好像以竊盜的現行犯被人捉住了一樣，臉上立刻通紅起來。

"眞的呀，那你爲什麼來報名的呢？"先前的工人問。

聚在窗邊的人們，都含笑看着亞庚。他于是更加惶窘了。

"不的……我已經和他們……分了手……"他舌根硬得說不清話，但突然奮起了勇氣，一下子說道："惡鬼喫掉他們就是。那些拍布爾喬亞馬屁的東西。"

工人們笑了起來。

"不錯，同志！布爾塞維克是最對的！"矮小的工人拍着亞庚的肩膀，意氣洋洋地搖着頭，一面說。

大家都紛紛談論起來，再沒有注意亞庚的人了。

亞庚向周圍一看，只見隆支·彼得羅微支坐在窗邊，一面檢查着彈藥包，一面在並不一定向誰，這樣說：

"如果在大街上遇見了障礙物，要立刻決定，應該站在障礙物的那一邊。站在正對面和這一邊，是不行的。我們並不是打布爾喬亞呵。只要抗着鎗，打殺了士官候補生和大學生，就是了。"

"還有社會革命黨哩，"有誰用了輕蔑的口調說。

"當然，"隆支·彼得羅微支贊成說，"饒放了應該打殺的東西，是不對的。"

"眞的。瞧罷，誰勝。"

"用不着瞧的：我們勝的。"有誰詫異道。

亞庚不再受人們的注目，高興了。他將鎗靠在牆上，繫好皮帶，帶上掛了彈藥囊，但因爲太興奮了，兩隻手在發抖。

轉瞬之間，屋子裏塞滿了人們。或者大聲說話，自己在壯自己的膽；或者並沒有什麼有趣，也厲聲大笑起來；或者跨着好像背後有人推着一般的脚步。大家都已興奮，是明明白白的，有三個自說是軍事教員的兵士，來編成紅軍小隊，以十二人爲一排，選任了排長。亞庚被編在隆支·波得羅微支所帶的小隊裏了；彼得羅微支即刻在這屋子裏，整列了自己這隊的人們，忍着得意的微笑，說道：

"那麼，同志們，要守命令呀！什麼事都得上緊。否則…要留心，同志們……走罷！"

大家就鬧嚷嚷的走到街上去了。

從俱樂部的大門順着步道，排着到紅軍來報名的人們的長串。這是各工廠的工人們,但夾在裏面的新的藍色外套的電車司機的一班,却在放着異彩。大門附近的步道和車路上,聚集着婦女和年老的工人,是來看前赴戰場的人們的,他們大家相笑,相譴,嗑西瓜子,快活的態度,好像孩子模樣。只有一個瘦削的尖臉的,包着黑的打皺的布直到眼上面,穿着衣襟部已擦破的防塞外套的年青的女人,却站在工人的隊伍旁邊,高聲地在叫喊:

"渥孚陀尼加,囘去罷。叫你囘去呵。兵什麽,當不得的呀。你眞是古怪人。聽見沒有,渥孚陀尼加?囘家去……"

那叫作渥孚陀尼加的工人,是年紀已頗不小,生着帶紅色的鬍子的强壯而魁偉的漢子。他只是用了發恨的臉相睨視着女人,並不離開隊伍,低聲罵道:

"呸,死屍。殺掉你!"

因為別的工人的老婆沒有一個來吆喝丈夫的,這工人分明覺得慚愧了。

"囘家去,趁腦袋還沒有喫打,"他威嚇說。

"不和你一起,我可是不囘去的呵。我就是拋掉了孩子,也不離開你——却還要想去當什麽兵哩。狗臉!如果你出了什麽事,叫我怎麽辦呢,抱了小小的孩子到那里去呀?你想過這些沒有?"

"那邊去,教你這昏蛋!"渥孚陀尼加罵道。

羣衆聽着這爭吵,以爲有趣,但倒是給女人同情,帶着冷笑地在發議論。

"有着兩個孩子,那是不必去做紅軍的。"

"只讓年青的去報名,是當然的事。"

"對了,就要年青的。沒有係累的人們,去就是了……"

看見一個高大的扳着臉的剛愎的老婆子,抓住了十七八歲的少年的手腕,帶到俱樂部那邊去,少年的手裏拿着鎗,帶上掛着彈藥囊。

"走罷,要立刻將這些都送還,"她憤怒地說。"我給你去尋紅軍去。……"

羞得滿臉通紅的少年,垂着頭,用尖利的聲音輕輕地在說:

"我總是不會在家裏的。後來會逃掉的。"

但那老婆子拉着少年的手腕,嚷道:

"我關你起來。給你看不到太陽光。成了多麽胡鬧的孩子了呀。"

于是反顧羣衆,彷彿替自己分辯似的,說了幾句話:

"家裏有着蠢才,眞費手脚呵……"

亞庚喫了一驚。相同的事,他這里恐怕也會發生的。他惴惴地遍看了羣衆,幸而母親並不在裏面。只有兩個熟識的姑娘,看着他,不知道爲什麼在發笑。亞庚裝作沒有看見模樣,伸直了身子,說道：

"哪,同志們,趕快去呀。"

各小隊紛紜混亂,大約五十人集成一團,開始走動了。隆支·彼得羅微支想將隊伍整頓一下,但終于做不到,揮着手低聲自語道：

"也就成罷……"

亞　　庚

他們形成了喧嚣的，高興的一團，在大街中央走。兩旁的步道上滿是人，大家都顯着沈靜的臉相，向他們凝望。亞庚是還恐怕被母親看見，硬拉他回去的，但待到經過庫特林廣場，走至薩陀伐耶街的時候，這纔放了心，好像有誰加以鼓勵一樣，意氣洋洋地前進了。到處是人山人海。在國內戰爭得第一日的這天，就有人出來看，是墨斯科所未曾前有的。運貨摩托車載着兵士和工人，發出喧嚣的聲響，夾在不一律的斷斷續續的歌聲和槍聲裏，聽到"嗚拉"的喊聲⋯⋯

普列思那的一團在薩陀伐耶街和別的團體分開，成了獨立部隊，進向市的中心去。

亞庚將帽子戴在腦後，顯出決然的樣子，勇敢地走，每逢裝着兵士的摩托車經過，便發一聲喊，除下打皺的帽子來，拼命地揮動。緊繫了皮帶，挺着身子，而精神亢奮了的他，彷彿在羣衆裏游泳過去的一般。

　　羣衆，街道，"嗚拉"的喊聲，而且連他自己，都好像無不新鮮，一切正在順當地變換，亞庚因此便放聲唱歌，盡情歡笑，想拿槍向空中來開放了。在思德拉司忒廣場遇見了華西理的事，心裏是毫沒有留下一點印象的，但走遠了廣場的時候，却想了起來：

　　"他會去告訴媽媽，說看見了我的。"

　　他有些擔憂了，但即刻又放了膽，將手一擺，想道：

　　"由牠去罷。"

　　武裝了的兵士和工人們，都集合在斯可培萊夫廣場的總督衙門裏。這地方是革命軍的本部。拿鎗的兵士和工人的一團，在狹窄的進口的門間互相擁擠，流入那施着華麗的裝飾的各個屋子裏；在那大廳裏和有金光燦爛的欄干的寶闊的階沿上，鬧嚷嚷地滿是黑色和灰色的人們，氣味強烈的煙草的煙，濃濃然籠罩了一切屋子裏的羣衆的頭上。亞庚跑進了先前是公爵，伯爵，威嚴的將軍之類所住的這大府邸，還是第一回。他便睜了單純的喫驚的眼睛，凝望着高高的粉灰的天花板，嵌在壁上的鏡子，大廳的潔白的圓柱，心裏暗暗地覺着一種的光榮：

　　"我們占領了的。"

而且很高興，得到講給母親去聽的材料了。

一個身穿羊皮領子的外套，不戴帽子，拖着蓬蓬鬆鬆的長頭髮的高大的漢子，站在椅子上，發出尖利的聲音來：

"靜一下，靜一下，同志們！"

羣衆喧囂了一下，便卽肅靜了的時候，那人便說道：

"凱美爾該斯基橫街非掩護不可。同志們，到那地方去。"

工人們動彈起來了。

"到凱美爾該斯基橫街去，同志們。士官候補生在從亞訶德尼‧略特前進。竭力抵禦！……"

工人們各自隨意編成小組，走出屋子去，一面走，一面畢畢剥剥地響着槍的閉鎖機。亞庚在人堆裏，尋不見隆支‧彼得羅微支這一夥了，便加入素不相識的工人的一組裏，一同走向凱美爾該斯基橫街的轉角那方面去。

德威爾斯克街的盡頭的射擊，正値很凶猛。

在總督衙門附近的兵士，警告工人道：

"散開，散開，同志們。要小心地走在旁邊。一大意，就會送命的。"

于是工人和兵士們便都彎着腰走，一面藏身在牆壁的突角裏，一個一個地前進。車路上寂然無聲，因爲是經過了築着人山的街道，來到這里的，所以覺得遙寂寞，就更加奇怪了。

亞庚的心臟跳得很厲害，胸膛縮了起來。他兩手緊揑着裝好子彈的槍，連別人的走法也無意識底地模仿者，牽絲傀儡似的跟在人們的後面。

槍聲已在附近發響了。時時有什麼東西碰在車路的石塊上，拍拍地有聲。

"阿呵，好東西飛來了，"站在前面的兵士笑着說。

亞庚害怕起來了。

"那是什麼呀？"他問。

"什麼！不知道麼？——是糖丸子呵，那東西，"兵士一瞥那喫驚的亞庚的樣子，揶揄着說．'橛出嘴去接來試試罷。"

亞庚想要掩飾，笑了起來。但兵士看出了他的倉皇的態度，親密地說道：

"沒有什麼的，不要害怕。是在打仗了，要鎮靜。"

于是大家都集合在凱美爾該斯基橫街的轉角的地方，但那里已有工人和兵士的一小團，躱在賣酒的小店後面了。這里的空氣，都因了飛彈的噁哨而振動。

工人全是素不相識的人，亞庚很想問問各種的事情，但終于怕敢去開口。他很想來開槍，但誰也沒有放，獨自一個也就不好開槍了。大家都沉默着,彷彿禦寒一般,在同一的地面上,交互地踩着腳,是不知道做什麼纔好的情形。而且大家的臉是蒼白的,嘴唇是灰色的,只有夾在裏面的亞庚,却顯着鮮潤的紅活的面龐,流動着滿是好奇和含羞的情緒的雙眼,于是就自然而然地成了大家的注意的標的了。

在附近的陀勒戈魯珂夫斯基橫衖的轉角處,聚集着一團的兵士,工人的黑色的形相,在那裏面格外顯得分明,他們都正在一齊向着亞訶德尼·略特方面射擊。

"從這裏可以開鎗麼?"亞庚終于熬不住了,問一個兵士道。

"你是要打誰呀?這里可沒有開鎗的標的呵。得到對面的角落裏去。"

"但那邊不危險麼?"

"你試試瞧,"那兵士歪着嘴,顯出嘲笑來,但暫時沉默之後,便趕忙說道:"一同去罷,同志。我先走,你跟着來。一同走,就膽壯。但是,要小心呀,敵人一開鎗,就伏在地面上。"

亞庚的心發跳,脊梁上發冷了,但他勇敢地答道:

"那麼,去罷。"

"到那邊去,是不中用的呵,"有誰從後面用了頹唐的聲曾説。

"唔,又是。還説,"兵士用發怒的口吻説。"去罷。"

他將帽子拉到眉邊,揑好步鎗,伸一伸腰,便沿着步道,將身子貼着牆壁,跑過去了。亞庚也跟在後面跑。什麼地方起了鎗聲,兵士的頭上的窗玻璃,發出哀慘的音響。兵士跳身跑到藥店的門邊,蹲下了。亞庚好像被彈鐄所彈似的跟着兵士,也一同並排蹲下了。兵士的呼吸,是很迫促的。

"那是從那里來的?"亞庚慌張地問。

"什麼叫作從那里來的?"

"不是開了鎗麼?"

"誰知道呢。大約是從什麼地方的屋頂上面打來的罷。"

"一不小心,就會送命哪,"亞庚慄然説。

兵士向少年瞥了一眼,但這時亞庚看見他彷彿覺得烈寒似的渾身抖動,臉色發青,兩眼圓睜得怕人,異樣地發閃了。好容易,兵士纔會動嘴,説道:

"會送命的。因爲要做鎗彈的糧食的,所以,小心些罷。"

兩個人緊貼在鋪子的門口,有五分鐘。兵士發着抖,通過了咬緊的牙縫,在刻毒地罵誰。在亞庚,不知道爲什麼,這罵聲却比鎗聲更可怕……

這之間,射擊停止了。在亞訶德尼·略特方面,也已經聽不到鎗聲。兵士站起身來，仔細地逼看了各家的屋頂，于是跳躍着橫斷街道，跑向工人們所在的轉角去。亞庚也拚命地跟在那後面。忽然不知道在什麼地方從上面起了亂射擊，四邊的空氣都呼呼地叫了起來……在前面飛跑的兵士，好像在什麼東西上絆了一下，便發聲罵着，倒在車路上，步鎗磕着鋪石，發出淒慘的聲音。

"唉……唉……趕快！趕快！"有人在轉角那里大聲叫喊。

亞庚橫斷了街道，躲在轉角的一團裏面之後，囘頭看時，兵士也還是躺在跌倒的處所，小鎗彈像雪子一般落在那周圍的鋪石上，時時揚起着烟塵。……

"終于，給打死了！"一個站在轉角上的兵士，斷續地說。

"爬了來，那就好……"

亞庚被大家所注視，彷彿是陣亡了的兵士的下手人一樣，便發了青，發了昏，站在呈壁下，因爲怕極了，很想拋掉鎗枝，號哭起來。然而熬住了，喘息一般地呼吸着，仍然站在那地方。

從德威爾斯克街的上段那里，駛來了載着學生的看護兵的黑色摩托車。因爲要叫射擊中止，將綴着紅十字的白旗搖了許多工夫，看護兵們這纔拉起被殺的兵士來，趕忙放在擔架上，剛要將摩托車囘轉，角落上有人叫起來了：

"將帽子拿去呀！"

原來看護兵是將被殺了的兵士的帽子忘掉了。這時候，大家所不意地感到的，是八一被殺，帽子便被遺棄的這一種憂慮。

"拿帽子去！"連亞庚也歇斯迭里地叫喊說。"拿帽子！"

學生的看護兵再從摩托車跳下，拾起帽子，並排放在兵士的頭邊。于是一切都照例地完畢，摩托車開走了，大家都呼的吐了一口氣。陣亡的兵士曾經躺過之處的鋪石，變成淡黑，兩石之間的窪縫中，積起紅色的水溜來。大家看這處所，是很難受的，但却很想走近去仔細地看一看……

"嚇，了不得的血哪，"身穿磨得很破了的革製立領服，頸子上圍着圍巾的一個工人，陰鬱地說。"現在是魂靈上了天堂……"

大家一聲不響。各自在想像別人所不知道的自己目前的神祕的運命。

"天堂……上了真的天堂了。"

那工人還低聲絮叨着，嘻嘻的笑了起來。

"上了天堂，沒上天堂，兄弟，那倒是隨他的便……我想抽煙呢。他們鎗也打得真好。"

"但從那里打出來的呢？"

"恐怕是旅館的屋頂上罷。有許多人在那里。"

"不是從伏司克烈閃斯基門那邊打來的麼?"

"不。從屋頂上打來的,"亞庚明白地說。"我跑到這里來的時候,親眼看見:從屋頂上打來的。"

大家都注意地向亞庚看,因爲他是一個竟沒有和兵士一同被人打死的青年。

"哪,同志,你的魂靈兒現在沒有跑到脚跟裏去麼?"那講過天堂的工人插嘴說。"不想要一枝針麼?"

"怎樣的針?做什麼?"亞庚詫異道。

"眞的針呀。從脚跟裏挑出魂靈來呀。"

一團裏面,有誰在嚇嚇的勉強裝作嬉笑。亞庚滿臉通紅,很有些慚愧了,一個中年的兵士便用了冷淡的語調,說道:

"喂,小伙計,你到這里來,是寃枉的。眞寃枉。"

"爲什麼是寃枉的? 我不是和你是一樣的公民麼?說得眞可笑!"亞庚氣忿起來,孩氣地大聲說。

那兵士不作聲,向旁邊吐了一口唾沫:

"呸……"

亞庚在步道上前後往來,走到街的轉角,望了一望亞訶德尼•略特。望中全是空虛,旣沒有人影,也沒有馬車。這空虚的寂靜，更加顯得陰慘。倘在平時，是卽使半夜以後也還有許多人們來往的，而現在却連一個人影也不見了。從伏司克烈岡斯基門附近向這邊開了鎗，鎗彈發着尖利的聲音，在亞庚身邊飛過，打在車路和還未造好的大房子的圍栅上。在亞訶德尼・略特的轉角處看見了一個人影子，亞庚便將鎗身抵在肩膀上，但那人影又立刻不見了。然而亞庚被開鎗的慾望所驅使，並且知道卽使開了鎗，也不會受罰的，于是就任鎗身抵在肩膀上，扳一扳機頭。步鎗沉重地在肩膀上一撞，兩耳都嗡的叫了起來……

兵士們聚到橫街的轉角來。

"你打誰呀？"一個問。

"一個大學生模樣的。在那里……"

"要看清楚，不要亂打人。這里是常有閒走的人們的。"

灰色外套的人影子又在轉角處出現，並且"拍"！的向這邊開了一鎗，又躱掉了。

這一鎗的子彈，打落了一些油灰屑。

細的壁土落到兵士和亞庚的頭上來。大家便一齊向後面退走。

"哪，在打我哩！"亞庚活潑地說。

他很高興爲敵人所狙擊。這是可以做他一生涯的談柄的。

"唉，他！……"一個年青的兵士忽然大聲叫喊起來。"他在打，打他。唉！……"

于是一面痛罵，一面正對着街道就開鎗。

拍……拍……拍……

兩個兵士跑到他的旁邊去，一個跪坐，一個站着，很興奮的開始了射擊，恰如對着正在前進的敵人。

亞庚發了熱狂了，從街角跳到街道上，一任身子露在外面，射擊着遠處的房屋。什麽地方也沒有人，而兵士和亞庚，還有五個工人們，却已經都在一面咒罵，一面集中着鎗擊。從對面的街角也有一團兵士出現，發出鎗聲來……大家都在射擊着看也沒有看見的敵手。

射擊大約繼續了兩分鐘。亞庚雖然明看見敵人並不在那里，所以用不着開鎗，鎗彈不過空落在車路上，或者打在人家的墻壁上，然而興奮了的他，却放而又放，將藥包三束都消耗了。他的肩膀因此作痛，右手掌也弄得通紅。當這邊正在開鎗之際，亞訶德尼‧略特那面是靜悄悄的。

"他們不是從那邊走掉了麽？"亞庚問。

"怎會走掉！在那邊。在打角上的屋子哩。"

"那是我們的人麼？"

"不錯。那是我們的。"

好像來證實這答話一樣,從轉角的紅色房子的窗户裏,忽然發出急射擊來。

"見了沒有?那是我們的,"兵士證明道。

從亞訶德尼·略特那邊起了叫喊。兵士們側着耳朵聽。又起了叫喊。

"有誰負傷了,"圍着圍巾的工人説。

"一定的,負傷了。叫着哩。不願意死呀。"

"是士官候補生,一定的。"

"自然是士官候補生,叫得像去宰的猪一樣,"一個活潑的兵士説完話,異樣地笑了起來。

他看着大家的臉,彷彿是在徵求同意似的

大家都不説話。

"喂,不在大叫着什麽麽?"

從橫街的轉角後面,斷斷續續地聽到叫喚的聲音。大家伸頸傾聽了一回,却絲毫也聽不清那意思。

亞庚之死

　　亞庚又從街角跳出,看好了周圍的形勢,舉起鎗枝,射擊起來。這一囘他巳經知道瞄準,沉靜地開鎗了。

　　他首先去打那在灰色的天空之下,看得清清楚楚的煙突,此後是猛擊了掛在鄰街的角上的一盞大電燈。一開鎗,電燈便搖動了。

　　"打着了哩!"亞庚滿足地想。

　　略略休息之後,他從新射擊,打破了雜貨店的大玻璃,打着了紅色房子的屋角,看見洋灰墜落,塵埃騰起,高興了。于是又狙擊了"萬國旅館"的嵌鑲壁畫和招牌。

　　轟!——在對面的房屋後面忽然發出大聲,同時在近旁也起了尖利的嚷叫。

　　亞庚大喫一驚,蹲了下去。看見紅色房子的一角倒壞了。兵士和工人,接着是亞庚,都亂成一團,從轉角拼命地向橫街逃走，好容易逞纔定了神，一個一個地停留下來。

"開礮了！"有誰在對面的街角大叫。"留神罷，同志們！"

轟！——又來了礮聲。

大家動搖了，但立卽鎭定，回復了街角的原先的位置。亞訶德尼·略特方面的鎗擊，也更加猛烈起來。

"敵人在衝鋒哩！……"有誰在什麼地方的窗子裏面叫着。

于是發生了混亂，五個兵士從對面的街角向德威爾斯克街的上段一跑，一羣工人也橐橐地響着長靴，跟在那後面跑去了。剩下來的，則並不看定目標，只向着大街亂放。亞庚所加入的一團中，已經逃走了十個人，只留得四個。亞庚發着抖，喘着氣，在等候敵人的出現，覺得又可怕，又新鮮。這之間，就看見穿着灰色和藍色的長外套的人們，從一所房屋裏跳到車路上，向亞庚躱着的角落上開着鎗，衝過來了。

"他們來哩，"亞庚想。他激動得幾乎停了呼吸。

兵士們向橫街方面奔逃，叫道：

"來了，來了！……"

亞庚也就逃走，好容易回頭一看，但見大家都沒命地奔來，他的脊梁便冷得好像澆了冷水。後面的鎗聲愈加猛烈彷彿有人要從背後趕上，來打死他似的。亞庚將頭縮在兩肩之間，彎着腰飛奔，竭力想趕上別人，使鎗彈打不着自己……他跟着那逃走的一團，跑進一條小路時，忽然有一個橫揑步鎗的大漢，在眼前出現了——大喝道：

"站住！乏貨！發昏！……囘去！鎗斃你！"

亞庚梭巡了。那是水兵。

"囘去！"

大家錯愕了一下，便都站住了。

那水兵一面發着沙聲大叫，一面衝出小路，到了橫街，迆向德威爾斯克街的街角那面去。亞庚很氣壯。他自愧他害怕着士官候補生的大學生，至于逃跑，便奮勇跟着水兵，且跑且裝子彈，因爲亢奮已極了，牙齒和牙齒都在格格地相打。他很想趕上水兵，但水兵却一步就有五六尺，飛似的在跑。只見他剛到街角，便聳身跳上車路，露着身體在開鎗了。亞庚走到水兵旁邊去看時，那些在亞訶德尼・略特和德威爾斯克街的街角喫了意外的射擊的人們，都在慌張着東奔西走，但俄頃之間，在大街和廣場上，便都望不見一個人影子了。水兵和亞庚也不瞄准，也不傾聽，只是亂七八遭地開鎗。

忽然間，水兵一蹌踉，便掉落了鎗枝，亞庚愕然凝視時，只見他呼吸很迫促，大張着嘴，手攫空中，向橫街走了兩步，便倒在步道上，側臉浸入泥水裏，全身痙攣起來了。亞庚連忙跳上了街角。

"給打死了！水兵給人打死了！"他放開喉嚨，向那些從橫街跑來的兵士和工人們叫喊："給人打死了！"

大家同時停住脚，面面相覷。

"到這里來呀！"亞庚說。"他給打死了！"

兵士和工人遲疑不決地一個一個走進街角去，有的是被驅使于愛看可怕的物事的好奇心，有的却輕蔑地看着戰死者。

"哈哈……多麼逞强呵！"一個兵士惡意地說。"說我們是'乏貨'。現在怎樣。我們是乏貨哩。"

大家聚在街角上，皺着眉。那水兵是臉向橫街，胡亂地伸開了手脚，倒臥着。這時只有亞庚一個，還能够看清這人的情形。他還年靑，長着黑色的微鬚，剪的頭髮是照例的俄國式。從張着的嘴裏，流出紫色的血來，牙齒被肥皂泡一般的通紅的唾液所遮掩，那嘴，就令人看得害怕。兩眼是半開的，含着眼淚。而且臉面全部緊張着，彷彿要盡情嘆息似的：

"唉唉……"

然而說不出。

聚到街角裏來的人們，逐漸增多了。然而全都只是看着水兵，並不想去開鎗，不知怎地大家是統統順下着眼睛的，但竟有人用了怯怯的聲調，開口道：

"將他收拾掉罷。"

大家又都活潑起來了。

"不錯，收拾起來。收拾掉。"

于是就鬧鬧嚷嚷，好像發見了該做的工作一樣，兩個兵士便跳上車路，抓住戰死者的兩手，拖進街角來，從此纔扛着運走。亞庚拾取了綴着黑飄帶的水兵的帽子，跟在那後面，但終于將帽子放在戰死者的胸膛上面，囘到街角上來了。在水兵被殺之處，橫着他所放過的鎗，那周圍是散亂着子彈殼。

"嚇，可惡的布爾喬亞崽兒！"一個工人罵着說。

別的人們便附和道：

"總得統統殺掉他們。"

大家變成陰鬱，臉色蒼白，不像樣子了。獨有亞庚却于心無所執迷，一半有趣地在看大家的臉。奇怪是，戰死了的水兵的那滿是血汙的可怕的嘴，總是剩在眼中，無論看什麼地方，總見得像是嘴。地窖的黑暗的窗戶，對面的灰色房子附近的狗洞，都好像那可怕的張開的嘴，滿蓋着血的睡液的牙齒,彷彿就排列在那里似的。他脊梁一發冷,連忙將眼睛滑到旁邊。不安之念,不知不覺地湧起,似乎有一種危險已經逼近,却不知道這危險在那里。他想拋了鎗,回到家裏去了。

工人和兵士們,一句一句,在用了沉重的,石頭一般的言語交談。此時射擊稀少了,周圍已經平靜,而在這平靜裏起了遠雷一般的破聲。亞庚一望那就在對面的房屋時,所有窗門全部關閉,只有窗幔在動彈,不知怎地總好像那裏面躱着妖怪。鎗聲一響,兩響,此後就寂然,又一響,又寂然無聲了。傾耳一聽,是盧比安加那方面在射擊。

忽然間,聽到咻咻的聲音。

"喂,大家,像是摩托車!"向來靈敏的兵士一面說,便將身一搖,橫担着鎗,連忙靠近屋角,悄悄地向亞訶德尼那面窺探。

大家側耳聽時,聲音漸漸分明起來了。

"的確:摩托車。來,認清些罷……"

大家立刻振作了,密集在街角上,將鎗準備端整。

從亞訶德尼的一角上,有運貨摩托車出現,車上是身穿藍色和灰色的長外套的武裝了的一些人,鎗技參差不齊地向四面突出,摩托車正如爬着走路的花瓶,鎗,頭和手,藍色的灰色的長外套，就見得像是花朵。摩托車向別一角的方向走，想瞞過人們的眼睛。

亞庚，工人和兵士們，便慌忙前後擠着，對準摩托車行了一齊射擊。摩托車立刻，停止了，從機器部冒起白煙來，車上的人們將身子左右搖擺，恰如發了痙攣一樣。

"唉～～唉！……"在亞庚的旁邊，起了不像人的，咆哮一般的聲音。

被這咆哮聲所刺戟的兵士和工人們，便跳到步道上，忘記了危險，聚在一起，儘向摩托車開鎗。從比鄰的街角，也有兵士和工人們出現，一同猛烈地射擊。亞庚一看，只見車上的人們恰如被捲的管子一樣，滾落地上，有的爬進摩托車下，有的急着用車輪和橫板來做擋牌，想遮蔽自己的身軀，狼狽萬狀，摩托車的橫板被鎗彈所削，木片紛紛飛散。見了這情景的亞庚，咽喉已被未嘗經歷的湧上來的銳利的喜悅所填塞了。

"殺掉！剝皮！"有人在附近大叫道。

"殺掉！"亞庚也出神地大叫。連裝彈也急得不順手地，連呼吸也沒有工夫地，只是開鎗。

大約過了一分鐘罷，摩托車已被破壞，在那上面，在那近旁，沒有一個活動的人影子了。

"呵呵！。"這邊勝利地說。"了不得。一個不剩。"

大家高聲歡笑，爲熱情所激動，爲勝利所陶醉，不住地互相顧盼。

然而火一般燒了上來的激情一平靜，亞庚便覺得對面的毀掉了的窗戶，又像張開的死的巨口了。但大家還在想打死人，在等候什麼事情的出現。從遠處的街角上，忽然現出一個革製短襖上綴着紅十字的臂章，頭上罩着白布的年青女人來，以鎭靜的態度，走向摩托車那面去。圍着發紅的圍巾的一個工人，便舉起了鎗技。

"你！喂你，幹什麼？"一個兵士大聲對他說。

工人略略囘一囘頭，但仍將鎗托靠在肩膀上。

"不要打岔！這布爾喬亞女人，我將她……"

于是兵士大踏步跑過去，抓住了那工人所拿的鎗的鎗身。

"昏蛋，不明白麼？那是看護婦呀。"

"在打那樣的人麼？我們是來討伐女人的麼？"別的人也叫起來。"發了瘋麼，你？"

"由我看起來，看護婦這東西……"那工人還想説下去，但大家立刻將他喝住了。

"那邊去！"

"給他一個嘴巴,否則他不會明白……"

"看哪,看哪……她多麼能幹!"

那年青女子在摩托車周圍繞了一圈,向那堆着好像破得不成樣子了的袋子似的團塊的車輪那面,彎了腰——注視着走,用手去摸,默然無言。

兵士和工人和亞庚,都屏着氣看那女人的舉動。只見她叫了一聲什麼,用一隻手一揮,就有綴着紅十字的臂章的兩個兵士,從街角飛跑到摩托車旁,注視着一個團塊,于是一個兵轉過背來,別一個則將包在外套裏的僵硬的袋子拉起,便掛下了一隻長筒靴,將這些都載在先一個的背上了。就這樣地開手收拾着屍體。

當對面在收拾屍體時,這面却在當作有趣的談資:

"搬走了。又是一個。原來是那麼辦的,那是我們的搬法呵。"

"瞧呀,瞧呀,那是——大學生。"

"呵呵,這囘的是將官了

"好高的個子!"

"這是第八個了。"

"眞的:我們一個,就抵他們十個。"

亞庚高興得要發跳。心裏想,這是可以做談天的材料的，侍囘了家去……

然而，最後的死屍一搬走，興奮的心情也就消失了。摩托車就破壞着抛在十字路的中央。

拍拉！

那是起于遠處的街角的鎗聲。大家的臉上卽刻顯出緊張模樣，連忙畢畢剝剝地響着閉鎖機，動搖起來。生着黑色的針似的絡腮鬍子的兵士，走近街角來，斷斷續續地說道：

"就要前進了，同志們。準備罷。"

"前進，"亞庚自言自語地說，"前進。"

他的心臟發了抖。他跑來跑去，尋覓他自己該站的位置，——他以爲前進是排着隊伍纔走的。

"友軍的一隊，要經過了後街去抄敵人的後面。一開鎗，我們就……"

兵士還沒有說完話，在對面的角落上已經開了鎗。兵士慌忙叫一聲"跟着我來！"而且頭也不囘地在步道上奔向亞訶德尼·略特方面去了。亞庚喊着"嗚啦"——跟定他。並且趕上了大家。獨自在衆人之前，目不他顧地走。有什麽熱的東西觸着臉，也許是空氣。也許是子彈——而風則在他的耳邊呻吟。

亞庚在紅色房子附近的角上站住了看時，只見藍色和灰色的外套，正在沿着下面的摩訶伐耶街奔走，他便從背後向他們連開了三回鎗。他氣盛而膽壯了，又走上亞訶德尼·略特的禮拜堂的階沿，想更加仔細地觀察四面的形勢。亞訶德尼·略特，戲院劇場，以及所有的街道，是全都空虛的。從小店後面，鑽出一羣人——大抵是孩子來，在街道的角角落落裏聚成黑黑的一團，凝視着兵士和工人的舉動，望着拋在十字街頭的血污的破掉的摩托車，彷彿看什麼珍奇的事物。孩子們在從摩托車的橫板上挖下木片來，並且拾集子彈夾。不多久，羣衆便混雜在武裝的兵士和工人裏面了，三個十歲上下的頑皮孩子，站在亞庚的面前，羨慕似的對他看。

"放放瞧，"一個要求說。

這樣的要求，是很使亞庚不高興的。

"走開！"他威嚇那孩子說。並且將身靠在禮拜堂的石壁上，橫揑着鎗，儼然吆喝道：

"不相干的人們走開。要開鎗了！"

于是向空中放了一鎗。

羣衆都張皇失措。連兵士和工人們，雖然拿着鎗，也動搖混亂起來了。

"走開，走開！"發出了告警的聲音。

瞬息之間，羣衆已經一個不見，像用掃箒掃過了一般，驚惶顛倒的他們，推推擠擠地挨進小雜貨店中間，躲起來了。兵士和工人們集合在"萬國旅館"的近旁，獨有亞庚留在禮拜堂的階沿上。四面沒有一個人。自己的伙伴都在對面的街角，破壞了的摩托車的背後。亞庚忽然覺到了只有自己一個人，便害怕起來，疑心從禮拜堂背後會跳出惡棍來，要將他殺掉。帽子下面的他的頭髮，在抖動了，臉色轉成蒼白的他，便跳下階沿，橫斷街道，跑過摩托車旁，奔向對面的街角的工人們那邊去。在塗中跌了一交，這使他更加害怕了。

"小心！"在角上的人笑着說。

亞庚氣喘吁吁地到了目的地的街角。他的恐怖之念，也傳染了別人，大家都捏緊鎗身，擺出一有事故，即行抵抗的姿勢。但是，過了一分鐘，那緊張也也消失了。

"是自己在嚇自己呵，"有誰用了嘲笑的調子，說。"敵人一個也沒有呀。"

"有的，"亞庚答道。

"在那裏？"

亞庚是本不知道敵人在那里的，但他指着靡訶伐耶街的一角，將手一揮。

"那邊。"

他忽然覺得害怕。無緣無故又想拋掉了鎗，趕快囘到普列思那的家裏去，而且這感情，此刻也愈加強烈了。他淒涼，冰冷，渾身打着寒噤。

　　附近突然起了尖銳的鎗聲。和工人一同，兵士也將身子緊貼在墻壁上。亞庚嚇了一跳，也跟着大家發慌，竭力想要躱到誰的背後去。而且，仍如半點鐘以前那樣，又有猛烈的恐怖，像一條水，流過他的脊髓和後頭部，使他毛髮都直豎了。一種運命底的豫感，在擠縮了他的心，至于覺得了痛楚。

　　"離開這裏罷，"他哀傷地想。

　　射擊沒有繼續。站在墻邊的兵士和工人，便寬一寬呼吸，動彈起來。

　　亞庚舉起鎗來，向空中開了一鎗，藉此壯壯自己的膽，而且又開了一鎗。兵士們也就跟着來開鎗了。是射擊了好像躱着看不見的敵人的那鄰近的房屋的窗門和屋頂。大家一面射擊，一面都走出街角和十字街頭來。亞庚也悶了禮拜堂的階沿的老寡，由這里射擊"美國旅館"的房屋，作爲靶子的，是掛着體面的絹幔，在那深處隱約可以望見金閃閃的大裝飾電燈或豪華的家具的窗門。因爲開了鎗了，所以也略爲沈靜了一點，因爲動了興了，所以他就半開玩笑地，用鎗彈打碎了掛在旅館的停車場附近的彩色玻璃的電燈，以及攞在窗前和桌上的水瓶子。

逗射擊，後來就自然停止，兵士和工人們聚集在禮拜堂附近，平穩地談話，吸煙，將危險忘却了。于是又從各個裂縫裏，各個空隙間，蟑螂似的鑽出孩子來，走近他們，也夾着一些大人，四近被羣衆填得烏黑，孩子們好像小狗，在人縫裏鑽來鑽去，檢取子彈夾。更加平穩了。然而亞庚的不可捉摸的悲哀之情，却未曾消失，他在心裏知道什麽地方有危險在，這就伏在鄰近的處所的。但那是什麼處所呢？

在大學校的周圍和克萊謨林的附近開了鎗。士官候補生和大學生，從這里都看不見。

亞庚膽怯地環顧周圍，搜尋着危險的所在，然而不能發見牠。

"士官候補生來哩！"在禮拜堂後面，有了好像孩子的聲音。

和這同時，禮拜堂的周圍和街道上就都起了急射擊。羣衆發一聲喊，往來奔逃，孩子們伏在地面上，爬着避到雜貨店那面去了。亞庚渾身發抖，想跑到德威爾斯克街的轉角這邊去，但一出禮拜堂，便立刻陷在火線裏。他看見從四面的房屋的門裏，或單個，或一團，都走出拿鎗的士官候補生和大學生來，在屋頂上，也有武裝着的人們出現。而且盤踞在屋頂上的人們，又好像正在向他瞄準似的。他退到禮拜堂的階沿,墻壁的掩護物去。大學生和士官候補生一面跑,一面向兵士和工人們施行着當面的射擊。禮拜堂附近和滿是秋季的泥濘的步道的鋪石上,已經打倒着幾個人,還在呻吟,還在抽搐,那旁邊就橫着拋掉的鎗枝。五六個兵士將身子緊貼在禮拜堂的墻壁上,向士官候補生射擊。然而候補生們却分成散列,一直線前進,一跳上禮拜堂的階沿,失措的兵士便倉皇亂竄起來。候補生們挺着鎗刺,去刺兵士,兵士則發出呻吟聲和嘶嘎聲,用兩手想將鎗刺捏住,或者在相距兩步之處,開起鎗來。亞庚彷彿在夢境中,目視了這些慘殺的光景。

　　射擊和抵抗,亞庚都忘掉了,只是貼住牆壁,緊靠着冰冷的石頭,好像要鑽進那裏面去。他用了嚇得圓睜了的兩眼,看着起在身邊的殺戮的情形,上氣不接下氣地在等候自己的運命。兩個士官候補生走到最近距離來,一個便舉了鎗,向亞庚的頭瞄准。亞庚還分明地看見那人的淡黑的圓圓的眼睛。火光燦然一閃,亞庚已經聽不見鎗聲。他拋了鎗,臉向下倒在石階上面了。

"惡　夢"

　　因爲駭人的光景，失了常度，受了很大的衝動的華西理・彼得略也夫，从亞訶德尼・略特走到彼得羅夫斯克列樹路時，已是午後三點鐘左右了。他並不慌忙，一步一步地向家裏走。由他看來，周圍的一切，是全都沒有什麼相干的。飽含溼氣的空氣，膠積脚下的淤泥，忽然離得非常之遠，而且好像成爲外國人了一般的人們，在他，都漠不相關；無論向那里看，他的眼中只現出拖着嵌了拍車的漂亮的長靴——外套下面的那可怕的雙脚，以及大學生和士官候補生的腦袋，頹然倒在看護兵的脊梁上的光景來。無論向那里看，跑到眼裏來的只是好像接連着烏黑的自來水管一般的死人的脚，好像遠處的小教堂的屋蓋——恰如見于此刻的屋頂上那樣——的死人的頭。在落盡了葉子的樹梢的密叢裏，在體面的房屋的正門裏，在斑駁陸離的羣衆裏，就都看見這死了的脚，死了的頭。他時時在街上站住，想用盡平生之力來大叫……

然而，怎樣叫呢？叫什麽呢！誰會體諒呢？而且，那不是發了瘋的舉動麼

這周圍，是平靜的。發了瘋的叫喊，有誰用得着呢？……

不是被惡夢所魘了麽？誰相信這樣的叫喊？周圍都冷冷淡淡。也許是心底裏有着難醫的痛楚，所以故意冷冷淡淡的罷？

他常常立住脚，彷彿要摘掉苦痛樣機，抓一把自己的前胸，並且因了從幼年時代以來，成了第二天性的習慣，只微動着嘴唇，低語道：

"上帝，上帝……"

但立即醒悟，苦笑了。

"上帝，現在在那里呢？不會給那在墨斯科的空中跳梁的惡魔扼死的麽？"

于是他罵人道：

"匪徒！"

但罵誰呢，他不知道。

周圍總是冷冷淡淡的。

在亞訶德尼・略特那里，是剝下皮來，撒上沙，漬了鹽，

咯支咯支的擦了，在喫……喫魂靈……

"唉唉，怕人……阿，鬼！"

但是，大街，轉角，列樹路，都被許多的人們擠得烏黑，大抵是男人，是穿着磨破了的外套，戴着褪了顏色的帽子和滲透了油膩的皮帽之輩。穿戴着羔皮的帽子和領子的布爾喬亞，很少見了，而女人尤其少。只有灰色的工人爬了出來，塞滿了街頭。他們或在發議論，或在和紅軍開玩笑；紅軍是胡亂地背着鎗，顯着宛然是束了帶的袋子一般的可笑的摸樣。羣衆不明白市街中央的情形，所以很鎭靜，但爲好奇心所驅使，以爲戰鬪是沒有什麼大不了的，就看作十分有趣的事情。他們想，大概今天的晚上就會得到歸結，一切都收場了。只有背着包裹，兩手抱着啼哭的嬰兒的避難者的形姿，來打破一些這平凡的安靜和舒服。

然而孩子們却大高興，成了雜色的羣，在大街和列樹路上東奔西走，衒示着從戰場上拾來的子彈殼和子彈夾，將這來換蘋果，向日葵子和銅錢。

而市街的生活，則成爲怯怯的，酩酊的，失了理性的狀態，與平時的老例已經完全兩樣了。

大報都不出版，發行的只有社會主義底的報紙，但分明分裂爲兩個的陣營，各逞劇烈的詞鋒，互相攻擊。兩面的報紙上，事實都很少，揭載出來的事實，已經都是舊聞，好像從昨天起，便已經過了一個月的樣子。

傳佈着各種的風聞。喧傳可薩克兵要從南方進墨斯科，來幫"祖國及革命救援委員會"，又傳說在"符雅什瑪"已經駐紮着臨時政府的礮兵和騎兵了。

"一到夜，大戰鬪一定開場的，"有人在羣衆中悄悄地說。

華西理聽到了這樣的話。但這樣的話，由他聽去，恰如在脚下索索地響的塵芥一般。

于是他的神經就焦躁起來。但他想，夜間眞有大戰鬪，則此後如夏天的雷雨一過，萬事無不帖然就緒，也說不定的。

但他被街街巷巷的人羣所嚇倒了。離市街中央愈遠，則羣衆的數目也愈多。無論那一道門邊，無論那一個角落，都是人山人海。而且所有的人們，都用了謹愼小心，慄慄危懼的眼色，向市街中央遙望，怯怯地挨着牆壁，擺出一有變故，便立刻離開這裏，拚命逃竄，躱到安穩的處所去的姿勢來。

華西理在街街巷巷裏走，直到黃昏時候，然而哀愁和疑慮，却始終籠罩着他的心。

"現在做什麼好呢？到那里去好呢？"他自己問起自己來

了,然而等不出一個回答。

母親的痛苦

在普列思那,當開始巷戰這一天,人們就成羣結隊的在喧嚷。住在市梢的窮人們,都停了工作,跑向大街上來,詫異着奇特的情形,塞滿了步道。到處爭論起來,罵變節者,賣反叛者,講德國的暗探,有的則皺了眉頭,看着那些挾鎗前往中央的戰場的工人們。有的在哭泣,有的在禱告。

偶然之間,也聽到嘲笑布爾喬亞,徒食者和吸血鬼之類的聲音。但那是例外,這灰色臉相的穿着骯髒衣服的人們,臉上打着窮字的印子的人們,對于事件,是漠不關心的。他們嗑着向日葵子,在大家開玩笑……而且所有的人,好像高興火災的孩子一樣,都成了非常暢快的心情,到了黃昏,戰鬥漸漸平靜,情勢轉到好的一面,大概便以爲俄羅斯人各自期待着的奇蹟,就要出現了。

華爾華拉・羅卓伐──亞庚的母親──知道,兒子已經加入紅軍，往市街去了。她此刻就跑到門邊，街角，巴理夏耶·普列思那的廣場那里，看兒子回來沒有。

"我要責罰他！"她並不是對誰說，高聲地罵道。"到隊裏去報名，這小猪。"

她輕輕地歎一口氣，對着那些塞滿了馬車電車和摩托全不通行了的車路，接連地走過去的通行人，睜眼看定，眼光像要釘了進去的一般。到傍晚，各條大街上，人堆更是增加起來了。紅軍們散成各個，拖着疲乏的脚，蹌蹌踉踉，費力地拿着鎗，掛在帶上的空了的彈藥囊在搖擺。這些人們，是做過了一天的血腥的工作來的。羣衆拉住他們，圍起來，作種種的質問。

亞庚却沒有見。

他的母親機織女工，便拉住了陸續走來的紅軍，試探似的注視他們的眼睛，問他們可知道亞庚，遇見了沒有。

"是十六歲的孩子，戴灰色帽子，穿着發紅的顏色的外套的。"

"在那里呢？不，沒有遇見。"總是淡淡的囘答說，"因爲人很多呵。"

機織女工心神不定地問來問去，從街上跑進家裏，從家裏跑到街上，尋着，等着，暗暗地哭了起來。

耶司排司被亞庚的母親的憂愁所感動，在天黑之前，便向市街的中央，到尼啓德門尋亞庚去了。但是，一囘來，機織女工便看定了他，老眼中分明流着眼淚，尋根究底地問。她顯出可憐的模樣來了，頭巾歪斜，穿舊了的短外套只有一隻手穿在袖子裏，從頭巾下，露出稀疏的半白的捲髮來。

"是偷偷地跑掉的呵，"她總是說，"還是早晨呀。他說'我到門口去一下'。從此可就不見了。唉唉，上帝，這到底是怎麼的呢？"

她凝視着耶司排司，好像是想以這樣的眼色來收淚。並且禱告似的說道："安慰我罷！"

從她眼裏，和眼淚一同射出恐怖的影子來。耶司排司喫驚了，又不能不說話，便含胡着說道：

"你不要擔心罷，華爾華拉·格里戈力夫那。大約是沒有什麼嚇人的事的。"

但她心裏知道這是假話，半聽半不聽地又跑到門那邊去了。

門的附近爲人們所擠滿，站着全寓的主婦們，一切都不關心的老門丁安德羅普，還有素不相識的人們。于是她便對他們講自己的夢：

"我夢見我的牙齒，統統落掉了。連門牙，連虎牙，一個也不剩。我想'上帝呀，這教我怎麼活下去呢？怎麼能喫喝呢？'早上起來，想：'這是什麼兆頭呵？'那就是：亞庚·彼得羅微支到紅軍裏去報了名。如果他給人打死了，教我怎麼好呢？我是許多年來，夜裏也不好好地睡覺，也不飽飽地喫一頓麵包，一心一意地養大了他的，但到現在……"

她還未說完話，就嗚咽起來了，用了淡墨色的迦舍彌耳的手巾角，拭着細細的珠子一般的眼淚。

"喂喂，"耶司排司看着她那痙攣得抽了上去的嘴唇，說，"華爾華拉·格里戈力夫那，不要這麼傷心了。大概，一切都就要完事了。大概，就要囘來的，如果不囘來，——明天一早就走遍全市去尋去，會尋着的。人——不是小針兒，會尋着的。"

他想活潑地，熱心地說，來安慰她，然而在言語裏，却旣無熱氣，也無歡欣。華爾華拉悄然離開了這地方，人們便低聲相語，說亞庚是恐怕已經不在這世上了。

"做那樣的夢，母親做了那樣的夢，兒子是不會有好事情的。"

這時候，聽得在市街那面開了鎗。大家都住了口，覺得在亞庚是眞沒有什麼好事情了……因為有着這樣的憂慮那逐漸近來的夜，就令人害怕起來……

可 怕 的 夜

這晚上,天色一黑,便卽關了門,但誰也不想從庭中回到屋裏去。門外的街道上,沒有了人影子,但偶然聽到過路的人的足音,駭人地作響。膽怯了的人們,怕孤獨,怕自己的房,都在昏暗的庭中聚作一團,吸着潮溼的秋天的空氣。而且怕門外有誰在竊聽,大家放低了聲音來談天。華西理不舒服了,便在庭中踱來踱去,默默地側了耳朶,聽着夜裏就格外清楚的鎗聲。剛以爲遠處的盧比安加方面開了鎗,却又聽得近地在畢畢剝剝地響。什麼地方起了"嗚拉"的叫喊,又在什麼地方開了機關鎗。有摩托車在巴理夏耶・普列思那疾驅而過了,由那聲音來判斷,是運貨摩托車。

"彼得爾・凱羅丁也不在呵,"耶同排司向人大聲說。

"在那邊罷?聽說現在是成了頭兒了,"女人的聲音囘答道:"在辦煩難的公事哩。"

此後就寂然沒有聲息，大約是顧忌着凱羅丁家的人在聽罷。華西理爽然若失了。說是凱羅丁上了戰場，而且還做了首領。不錯，他就是這樣的人物，這正是像他的事情。他從孩子時候起，原已是剛強不屈的。為伙伴所毆打，他就露出牙齒來，叱罵一通，却決不啼哭。他和華西理和伊凡，都在這幽靜的老地方長成，父母們也交際得很親密。還在同一的工廠裏，一同做過多年的工，將孩子們也送進這工廠裏面去。在普列思那是可怕的年頭一九〇五年來到的時候，彼得爾和彼得略也夫家的兩弟兄，都還是頑皮的孩子，但那時，彼得略也夫老人就在那角落上，被兵們殺死了，那地方，是老樹的底下，至今還剩有翕密特工廠的倒壞的，好像嚼碎了一般的磚牆。

　　彷彿半已忘却了的夢似的，華西理還朦朦朧朧，記得那時的情狀。

　　被害者的屍身，順着格魯蹯基橫街，在石上拖了去，抛在河裏了。那時候，母親是哭個不了，罵着父親，怨着招致那死于這樣的非命的行為。孩子們也很哀戚。但後來自覺而成了社會主義者，却將這引為光榮了：

　　"亡故了，很英勇地……"

　　他的父親是社會革命黨員，頗為嚴峻的人。他的哥哥伊凡，就像父親，也嚴峻。

但凱羅丁成了布爾塞維克，是那首領……

兒童時代已經過去，現在是投身于政黨生活之中了。雖然也會一同捕促小禽，和別的孩子們吵架，但一切都已成了陳迹，彼得爾去戰鬪，伊凡去戰鬪，連那乳臭的亞庚也去戰鬪了。

一九〇五年和現在，可以相比麽？倘使父親還活着，此刻恐怕要看見非常爲難的事情了罷。

在普列思那時時起了射擊，距離是頗近的。聽到黑暗中有擔憂的聲音：

"連這里也危險起來了麽？"

大家側着耳朶，默默地站了一會。

"嗚……嗚……天哪，"聽到從什麼地方來了低低的哭聲。"唉唉，親生的……阿阿阿……"

"那是什麼？是在哭麽？"有誰在黑暗中問道。

"華爾華拉在哭，"女人的聲音帶着歎息，說："爲了亞庚呵。"

大家聚成一簇，走近華爾華拉家的放下了窗幔的窗下去，許多工夫，注視着隱約地映在幔上的人影，聽到了絕望的嘆息和泣聲：

"阿,親生的……阿,上帝呀……阿阿阿!……"

"安慰她去罷,一定是哭壞了哩,事情的究竟也還沒有明白,"女人們沈思着,切切私語,互相商量了之後,便去訪華爾華拉,長談了許多時。

"哺,哺,哺……"在窗邊聽得有人在那里吹喇叭。

華西理始終默默地在沿着匾牆往來,總是不能鎮定。母親出來尋覓他了,用了別人聽不見的聲音說道:

"凡尼加(1)沒有在。也許會送命的呢。"

華西理什麼也不囘答;自己也正在很擔心。

貝拉該耶(華西理的母親)也和別的女人一同,寬慰華爾華拉去了,但一走出庭中,便又任着她固有的無顧忌,放開了喉嚨說:

"他們自以爲社會主義者,好不威風 皇帝是收拾了。政治却一點也做不出什麼來。吵架,撒謊,可是小子們却還會跟了他們去。你瞧!將母親的獨養子拐走了。"

"但你的那兩個在家麼?"有人在暗中問道。

"就是兩個都死了,也不要緊,"貝拉該耶認眞地說。"我眞想將社會主義者統統殺掉。一九〇五年時候,很將他們打殺了許多,鎗斃了許多哩,但是又在要殺了罷?"

註1: 伊凡的親膩稱呼。

"現在是他們一伙自己在鬧,用不着謝米諾夫的兵了。"

"鬧的不是社會主義者,是民衆和布爾喬亞呵。"有誰在黑暗裏發出聲音來,說。"總得有一天,開始了眞的戰爭纔好哩。"

大家都定着眼睛看,知道了那聲音的主子,是先前被警察所監視的醉漢,且是偸竊東西的事務員顯庚。

"你纔是爲什麽不到那里去的呢?"貝拉該耶忿忿地問道。"那不正是你大顯本領的地方麽?"

顯庚窘急了。

"我是,因爲我已經有了年紀。我先前也曾奮鬥過了的。"

"不錯,不錯,我知道,怎樣的奮鬥,"彼得略以哈嘲笑地說。"我知道的。"

羣衆裏面起了笑聲。

"在那里的,是些什麽人呀!"耶司排司想撲滅那快要燒了起來的爭論,插嘴說。"布爾喬亞字,普羅列塔利,社會主義者……夾雜在一起的。都是百姓,都是人類。但眞理在那裏呢,誰也不知道。"

但當將要發生爭論:彼得略以哈想用挑戰底的口調來罵的時候,却有人在使了勁敲門了。

"阿呀……"一個女人叫道。接着別的女人們便都驚惶失措,跑到自己的門口去,想躲起來。

"在那里的是誰呀?"耶司排司走到大門旁邊,問着説。而那發問的聲音,是有些抖抖的。

"是我,伊凡·彼得略也夫,"在門外有了回音。

"唉唉,凡紐賽(1),"耶司排司非常高興了。"你那里去了呀?"

在開門之際,人們又已聚集起來,圍住了伊凡,這樣那樣的問他市街情狀。但伊凡非常寡言,厭煩似的只是簡單地回答:

"在開鎗。死的不少。住在市街裏的,都在逃離了。"

一聽到這響動,華爾華拉便跑了来,但只在裸体上围着一塊布,並且問他看見亞庚沒有。

"不,沒有看見。"

"打死的很多麽?"

"很多。"

伊凡用了微微發抖的聲音,冷冷地回答:

"死的很多。兩面都很多……"

他說着,便不管母親的絮叨,长靴橐橐地走掉了。于是

註1: 伊凡的親暱稱呼。

聽得彼得略也夫的寓居的門，擦着舊的生鏽的門臼，戛戛地推開，仍復碰然一響，關了起來。

"死的很多……這眞精透了，"有誰歎息說。

暗中有唏嘘聲：是華爾華拉的嗚咽。夜色好像更加幽暗，站在這幽暗中的人們，也好像更加可憐，無望，而且是沒有價值的人了。

"大家在開鎗，大家在開鎗，"一個聲音悲哀地說。

"是的。而且大家在相殺哩，"別一個附和着……

"而且在相殺……"

劈拍！……轟！……拍，轟，轟！……市街方面起了鎗聲和礮聲。人家的屋頂和牆壁的上段，霎時亮了一下，而相反，暗夜却更加黑暗，駴人了。

"那就是了，"華西理望着在空中發閃的火光，想。"那就是以眞理爲名的大家相打呵……"

他于是茫然佇立了許多時。

兩 個 兒 子

伊凡怕和母親相遇：她是要叱罵，責備的。幸而家裏誰也不在，他便自去取出晚膳來，一面想，一面慢慢地喫。華西理一囘來，從旁望着哥哥的臉，靜靜地問道：

"你那里去了？"

"亞歷山特羅夫斯基士官學校去了，"伊凡將麵包塞在嘴裏，坦然囘答說。

剛要從肩膀上脫下外套了的華西理，便暫時站住了。

"向白軍報了名麼？"

伊凡沉默着點一點頭，儘自在用膳。他那平靜的態度和旺盛的食量，好像還照舊，並沒有什麽變化似的。

"還去麽？"

"自然。約定了明天早上去，纔囘來的。因爲有點事。明天就只在那里了。一直到完結。"

華西理定睛看着哥哥，彷彿初次見面的一樣。伊凡却頗鎮定，只在拚命地喫。然而臉色蒼白，一定是整夜沒有睡覺罷。眉間的皺紋刻得很深，頭髮散亂，額上拖着短短的雛毛

"可是你怎麼呢？不在發胡塗麼？"

伊凡盌着圓睜兩眼的弟弟的臉，將用膳停止了。

"還用得着發胡塗麼？"

"是的，自然……"華西理支絀地囘答。"但是，一面是工人，就如亞庚似的小子，以及這樣的一類……白軍的勝利，恐怕未必有把握罷。"

伊凡的臉色沉下來了。

"這是怎麼的？哼……我不懂。'白軍的勝利'。這意思就是說，你是他們那一面的，對不對？"

"唉，你真是，你真是！"華西理愕然地說。"我不過這樣說說罷了……但我的意思，是不想去打他們。因為一開鎗，那邊就有……亞庚呵。"

伊凡用了尖利的調子，提高聲音，彷彿前面聚集着大衆的大會時候模樣，揮着兩手，于是決然推開食器，從食桌離開了。

"我真不懂……華式加 (1)，你總是蟲子一般的爬來爬

———
註1： 華西理的親暱的呼。

去 你和智識階級打交道,很讀了各種的文學書……于是變成一個騎牆脚色了。"

沉悶起來了。華西理沉默着低了頭,坐在櫃子上,伊凡也沉默着,慌忙地用毛巾在擦手。母親囘來了,直覺到兄弟之間發生了什麽事,便擔心地看着兩人的臉。伊凡的囘來,她是高興的,然而並不露出這樣的樣子。

"跑倦了麽,浮浪漢?無日無夜地無休無歇呵。蠢才是没有藥醫的。一對昏蟲。"她一面脫掉外套和頭巾,一面駡。"現在是到底没有痛打你們的人了!"

"喂,母親,不說了罷,"華西理道:"說起來心裏難受的。"

"我怎能不說呢?胡塗兒子們使我擔心,却還不許我說話麽?"

她發怒了,將頭巾擲在屋角上。

"你明天還要出去麽?"她一轉身向着伊凡那面,尖了聲音,問。

伊凡點頭。

"出去的。"

"什麽時候?"

"早晨。"

母親瞋恨地癟着嘴唇，順下了眼去。

"哦哦，哦哦，少爺。但你說，教母親怎麼樣呢？"

伊凡一聲不響。

"你爲什麼不開口呀？"

"話已經都說過了。夠了。我就要二十七歲了。是不是？我已經不是小孩子。自己在做的事，是知道的。"

伊凡憤然走出屋子去，他挺出前胸，又卽向前一彎，張開兩臂，好像體操教師在試筋骨的力量。

"哦哦，少爺……哦哦，"貝拉該耶更拖長了語尾的聲音，說，"哦哦，哦～～哦。"

"算了罷，母親，"華西理插嘴道，"你還將我們當小孩子看待，但我們是早已成了壯丁的了。"

貝拉該耶什麼也不說，響着靴子，走進隔壁的房子裏去了。過了半分鐘，就聽到那屋子裏有低低的唏噓的聲音：

"咻，咻，呃……呃……咻，咻……"

伊凡不高興地皺着眉頭

"哪，哭起來了，"他低聲說。

華西理站起身，往母親那裏去了。

"好了罷，母親。爲什麼哭起呢？"

"你們是只顧自己的。母親什麼就怎樣都可以，"貝拉該耶含着淚責數說。"還幾乎要殺掉母親哩。惡棍們殺害了我的男人,現在兒子們又在想去走一樣的路。你們是鬼,不是人……咿,咿,咿……我是一個怎樣的苦人呵……"

她熬不住,放聲大哭了。

華西理在暗中走近母親去,摸到了她的頭,在他額上接吻。

"哪,好了罷。你不是時常說,人們在生下來的時候,就註定着怎樣死法的麼?那麼,即使怎樣空着急,豈不是還是枉然的?"

那母親,因為兒子給了撫慰,便平靜一些,顯然還恨恨,但已經用了頗是柔和的調子,說道:

"如果你們是別人的兒子,我就不管,但是自家的呵。無論哎那一個指頭,一樣地痛。因為你們可憐,我纔來說話的。"

母親諄諄地說了許多工夫話,華西理坐在她旁邊,摸着她的頭髮,想起她實在也年深月久,辛苦過來的了。自己和伊凡,真不知經了多少母親的操心和保護,從工廠拿了宣傳書來的時候,就是她都給收起,因此得免于搜查。而且從難免的災難中救出,也有好幾回,事情過後,她大抵總是說,幸而禱告了上帝,兩個人這纔沒給捉去的。

華西理覺得母親也很可憐了。

"哪,好了,媽媽,好了,"他懇切地說。

但伊凡却仍然在點着電燈的間壁的屋子裏走來走去,沉着臉,然而不說一句話。

"伊凡,你老實告訴我,要出去麼?"她用了梗咽的聲音問。她大約以爲用了那眼淚,已經融和了伊凡的心了。

"要出去的,"伊凡冷靜地答道。

母親放聲哭出來了。

"這孩子的心不是心,——是石頭。魂靈像伊羅達(1)一樣,因爲壞心思長了青苔了。即使我們餓死,他恐怕還是做他自己的事情的。全像那胡塗老子。唉唉,我眞是個不幸的人呀!"

于是在黑暗的屋子裏,又聽到哀訴一般的啼哭。

華西理低聲道:

"好了罷,媽媽。夠了。"

"還不完麼,母親!"伊凡用了焦躁的聲音說。"你罵到死了的父親去幹什麽呢?說這樣的話,還太早哩。"

母親住了哭,闃寂無聲了。只有廉價的時辰鐘的擺,在滴答滴答地響。屋子裏滿是愁慘之氣,燈光冷冷然,覺得夜

註1: Iroda 猶太的王。

的漫漫而可怕。

不一會，頭髮紛亂，哭腫了眼睛的母親，便走到伊凡在着的屋子裏，來收拾桌上的食器了。伊凡垂着頭，兩手插在衣袋裏，站在桌子的旁邊。對于母親，他看也不看，只在想着什麽遠大的，重要的事件。華西理也顯着含愁得陰郁的臉相，從沒有燈火的屋子裏走了出來。母親忽然在桌邊站住，伸開一隻手，悲傷地說道：

"聽我一句話罷，我是跪下來懇求也可以的：'兒子，不要走！'雖然明知道從你們看來，我就如同路邊的石塊，但懇求你——只是一件事……"

于是她將手就一揮。伊凡只向母親瞥了一眼，便卽囘轉身，開始從這一角到那一角地，在屋子裏來囘的走。

橐，橐，橐，——響着他的堅定的脚步聲。

華西理覺得心情有些異樣，便披上外套，走出外面去了。

再　　見！

　　庭院裏還聚集着人們，站在門邊，側着耳朵在聽市街和馬路上的動靜。鎗聲更加淸楚了，好像已經臨近似的。

　　"一直在放麼？"華西理問一個柱子一般站在暗中的男人道。

　　"在放呵，"那人答說，"簡直是一分鐘也不停，一息也不停地在放呵。"

　　"是的，在撒野了，"有人用了粗扁的聲音說，華西理從那口調，知道是耶司排司。

　　"你還在這裏麼，庫慈瑪·華西理支？"華西理便問他道。

　　"因爲一個人在家裏，膽子小呵。許多人在一處，就放心得多了。"

　　"不知道現在那邊在幹什麼哩？眞麻煩，唉唉，"在傍邊的一個嘆息說。

"對呀對呀，但願沒有什麽。"

大家都沉默着側着耳朶聽。很氣悶。鎗礮火的反射，閃在低的昏暗的天空。

"可是亞庚囘來了沒有呢？"華西理問道。

"不，沒有囘來。大概，這孩子是給打死了的，"耶司排司囘答說，但立刻放低了聲音：

"可是華爾華拉綈好像發了瘋哩。先一會是亂七八糟的樣子，跑到這里來。說'給我開門，尋兒子去，我立刻尋到他。'眞的。"

"後來呢？"

"哪，我們沒有放她出去呵。恰好有些女人們在這裏，便說這樣，說那樣，勸慰了她，送她囘了家。此刻是睡着，平靜了一點了。"

大家又沉默了下來。

家家的窗戶裏還剩着半滅的燈火，人們在各個屋子裏走，看去彷彿是影子在動彈。除孩子以外，沒有就寢的人。連那睡覺比喫東西還要喜歡的老門丁安德羅普，也還在庭中往來，用了那皮做的暖靴踏着泥地。

起風了，搖撼着沿了庭院的園牆種着的菩提樹的精光條，發出悽慘的音響，在一處的屋頂上，則吹動着脫開了的板片，拍拍地作聲。從市街傳來的槍聲，更加猛烈了，探海燈的光芒，時時在低浮的灰色雲間滑過，忽動忽止，忽又落在人家的屋頂上，恰如一隻大手，正在搜查煙突和透氣窗户的中間。

安德羅普這纔抬起頭來，看了這光之後，說：

"阿呀，天上現出兆頭來了。"

"不，那不是兆頭，那就是叫作探海燈的那東西。"耶司排司說明道。

然而安德羅普好像沒有聽。

"哦。是的……舍伐斯安波勒有了戰事的時候，也有兆頭在天空中出現的：三枝柱子和三把掃箒。一到夜，就出現。那時的人們是占問了的：那是什麼預兆呢？可是血腥氣的戰爭就開場了。但願沒有那時一般的事，這纔好哪。"

"現在却是無須有兆頭，而血比舍伐斯安波勒還要流得多哩。"

"哦，哦，"安德羅普應着，但並不贊成耶司排司。

"可是總得有個兆頭的。是上帝的威力呀。唉唉，殺人，是難的呢。殺一隻狗也難，但殺人可又難得多多了。

"阿阿，你，安德羅普，你真會發議論。現在却是人命比狗命還要賤了哩。"女人的聲音在暗地裏說，還接下去道，

"你聽，怎樣的放鎗？那是在打狗麼？"

"所以我說：殺人是難的呀。總得到上帝面前去回答的罷，"安德羅普停了一停，"上帝現在是看着人們的這模樣，正在下淚哩。"

"那自然，"耶司排司說："是瞪着眼睛在看的呵。"

又復沉默起來；傾聽着動靜。射擊的交換也時時中止，但風還是不住地搖撼着樹枝，發出淒涼的聲音。

什麼地方的上在鎖了的門白上的門，戛戛地一響，幾個人走出庭院裏來了，因爲昏暗，分不清是誰，只見得黑黑地。他們默然站了一會，聽着動靜，吐着歎息，悶進屋子去，却又走了出來。大家聚作一團，用低聲交談，還在歎着氣。話題是怎樣纔可以較爲安穩地度過這困難的幾天，而歎息的是這寓所中男少女多，沒有警備的法子。

華西理悶進屋子裏面時，伊凡已經睡了覺，母親則對着昏燈，一肘柱着桌子，用手支了打皺的面龐，坐在椅子上。伊凡微微地在打鼾，一定是這一天疲勞已極的了。

"還在開鎗麼？"母親靜靜問道。

"在開。"

華西理急忙脫下衣服，躺在牀上了，然而很不容易睡去。過去了的今天整一日，惡夢似的在他胸膈上面壓下來了。被殺了的將校的閃閃的長靴，"該做什麼呢"這焦灼的問題，哭得不成樣子了的亞庚的母親的形相，都在他眼前忽隱忽現。他只想什麼也不記起，什麼也不想到……母親悄悄地歎一口氣，在微明的屋子裏往來，後來坐在聖像面前，虔心祷告了很长久，于是去躺下了。

华西理是将近天明，還穩睡着的，但也不過是暫時之間，伊凡便在旁邊穿衣服，叫他起來了。屋子裏面，已經有黯淡的日光射入。伊凡——蓬着頭髮，板着臉孔——坐在牀沿上穿他的長靴。

"出去麼？"華西理低聲問。

"出去。"

"哦，出去的，"右鄰室裏，突然發出了嚴厲的母親的聲音。"莫非伊凡不在場，就辦不成那樣的事情麼？"

于是住了口，恨恨地歎一口氣。她是通夜不睡，在等候着這可怕的瞬間的。

伊凡趕忙穿好了衣服。

"那麼，母親，再見。請你不要生氣……鬧嚷着嘮嘮叨叨，也不中用的。"

他便將帽子深深地戴到眉頭，走向房門去了。母親並不離牀，也不想相送。

"等一等，我來送罷，"華西理說。

"你又要到什麼地方去麼?"母親愁起來了。

"我就囘來的。單是送一送。"

兩弟兄走出家裏了。大門的耳門，是關着的。耶司排司站在那旁邊，顯着疲倦的沒精打采的眼神，繃着臉。他在做警備。

"出去麼?"他問。

"是的，再見，庫慈瑪·華西玾支，"伊凡沉靜地說，微微一笑，補上話去道："就是有什麼不周到的事，也請你不要見怪罷。"

"噯，"耶司排司歎了一聲，不說一句別的話，放他們兄弟走出街上了。

街上寂然，沒有人影，槍砲聲還是中斷的時候多。

還是戰士們到了黎明，疲乏了，勉勉强强地在射擊。

兩弟兄默着走到巴理夏耶·普列思那。帶白的霧氣，從池沼的水面上升起，爬進市街，纏在木柵，空中，和墻壁上。工人們肩着槍，帶上掛着彈藥囊，三五成羣的走過去。華西玾包在霧裏，將身子一抖，站住了。

"哪，我不再走下去了。"

"自然，不要去了。再見，"伊凡說，向兄弟伸出手來。

他很泰然自若。

華西理忽然想抱住他的脚,作一個離別的接吻,但于自己的太容易感動,又覺得可羞,便只握了那伸出的手。

"再見……但你說……你不懷疑麼?"

"疑什麼?"

"就是那個,你自己……可是對的?"

伊凡笑了起來,揮一揮手。

"你又要提起老話來了?拋開罷。"

于是戴上手套,回轉身,開快步跑向市街那面去了。

霧愈加瀰漫起來,是濃重的,灰色的,有粘氣的霧。

華西理目送着哥哥的後影。只見每一步,那影子便從黑色變成灰色,終于和濃霧融合,消失了。但約有一分鐘模樣,還響着他的堅定的脚步聲。

橐,橐,橐……

于是就完全絕響。

"愛 國 者"

伊凡走出普列思那的時候，在街街巷巷的道路上，不見有一個人，只是尼啓德門後面的什麼地方，正在行着緩射擊。動物園的角落和庫特林廣場的附近，則站着兩人或三人一隊的兵士，以及武裝了的工人，但他們在溼氣和寒氣中發抖，豎起外套的領子，帽子深戴到耳根，前屈了身軀，兩脚互換地蹬着在取曖。

他們以為自己的一夥跑來了，對伊凡竟毫不注意，因了不慣的徹夜的工作，疲倦已極，只是茫然地，寂寞地在看東西。

伊凡從庫特林廣場轉彎，走進諾文斯基列樹路，再經過橫街，到了亞爾巴德廣場了。在亞爾巴德廣場的登記處那里，在接受加入白軍的報名。這塗中，遇見了手拿一捲報紙的戰戰兢兢的賣報人，那是將在白軍勢力範圍的區域內所印的報章"勞動"，瞞了兵士和紅軍的眼，偸偸地運出亞爾巴德廣場來的一夥人。他們是膽怯的，注視着伊凡，向旁邊迴避，但伊凡並沒有什麼特別留神的樣子，便側着耳，怯怯地看着周圍，跑向前面去了。

在亞爾巴德廣場之前的三區的處所，有着士官候補生的小哨。從昏暗裏，向伊凡突然喊出年青的，不鎮定的沙聲來：

"誰在那里？站住！"

伊凡站住了。于是走來了一個戴眼鏡，戴皮手套的士官候補生。

"你那里去？"他問。

伊凡不開口，給他看了前天在士官學校報名之際，領取了來的通行許可證。

"是作爲自由志願者，到我們這邊來的?"

"是的。"

士官候補生便用了客氣的態度，退到旁邊去了，當伊凡走了五六步的時候，他便和站在街對面的同事在談天。

"哦，他們裏面竟也有愛國者的，"有聲音從昏暗的對面答應道。

聽道了這話的伊凡，不高興起來了。他現在的加入白軍的隊伍，和自己一夥的工人們為敵，是並非由于這樣的愛國主義的。

登記處一希臘式的，華麗的灰色的房屋，正面排列着白石雕刻的肖像，天門上掛着大的毛面玻璃的電燈，——裏面，已經擠滿了人，顯得狹小了。大學生，戴了綴着磁質徽章的帽子的官吏，中學生，禮帽而闊氣的外套的青年，兵士和工人等，都紛紛然麕集在幾張桌子前面；桌子之後，則坐着幾個登錄報名的將校。美華的電燈包在煙草的煙的波浪裏，在天花板下放着黯淡的光。伊凡在這一團裏，發現了若干名的黨員，據那談話，纔知道社會革命黨雖然已經編成了自己的軍隊，但那並非要去和布爾塞維克戰鬭，只用以防備那些乘亂來趁火打刼的搶掠者的。

"我們的黨裏起了內訌了。這一個去幫布爾塞維克，那一個來投白軍，又一個又掛在正中間。眞是四分五裂，不成樣子，"一個老黨員而有國會議員選舉權的，又矮又胖的猶太人萊波微支，用了萎靡不振的聲音，對伊凡說。

萊波微支是並非加入了投效白軍的人們之列的，他很含着抑鬱的沉思，在那寬弛的大眼睛裏，就顯着心中的苦痛和懊惱

"哪，我一點也決不定了，現在該到那里去，該做什麼事，"他愀然歎息着說。

他凝視着伊凡的臉，在等候他說出可走的路，可做的事來，但伊凡却隨隨便便地，冷冷地說道：

"你加入白軍罷。"

萊波微支目不轉睛地看定了伊凡。

"但如果我去打自己的同志呢？"他說。

"這意思是？"

"這很簡單，就怕在布爾塞維克那面，也有同志的黨員呵。"

"哪，但是加在布爾塞維克那里的人們，可已經不是同志了哩。"

萊波微支一句話也沒有囘答。

"加入罷，並且將一切疑惑拋開，"伊凡又勸了一遍，便退到旁邊，覺得"這人是蛀過了的一類"。于是在心底裏，就動了好像輕蔑萊波微支一般的感情。他以爲凡爲政黨員的人，是應該玻璃似的堅硬的。

伊凡在分編投報的人們，歸入各隊去的桌子的附近，尋着了斯理文中尉。斯理文中尉和他，是一同在黨內活動，後來更加親密了的。這囘被委爲隊長，伊凡便也于前天約定，加入那一隊裏了。斯理文穿着正式的軍服，皮帶下掛了長劍和手鎗，戴着手套，將灰色的羊皮帽子高高的戴在後腦上。他敏捷地陀螺似的在辦事，在登錄處裏面跑來跑去，向投報人提出種種的質問，挑選着自己所必要的一些特殊的人們。

　伊凡還須等候着。走到屋角的窗前時，只見那沈思着的萊波徵支還站在那里，但總沒有和他談話的意思。一看見他，伊凡就覺得侮蔑這曾經要好的胖子的心想，更加油然而起了。

　那窗門，是正對亞爾巴德廣場的，此刻天色已經全明，加了很多的水的牛乳似的淡白，而且邊上帶些淡藍的雨雲，在空中浮動。廣場上面，則士官候補生們在用了樹路得的木柵，柴木，木板等，趕忙造起防障來，恰如正在游戲的孩子們一般，又暢快又高興，將這些在路上堆成障壁，然後用鐵絲網將那障壁綑住。幾個便衣的男子在幫忙。絡腮鬍子剪成法蘭西式的一個美丈夫，服裝雖然是海貍皮帽和很貴的防寒外套，但在肩白樺的柴束；壓得蹌蹌踉踉地走來，擲在防障的附近，再用漂亮的手套拂着塵埃，又走進那內有堆房之類的大院子裏去了。不久他又從門口出現，將一條帶泥的長板拖到防障那邊去，一到，士官候補生便接了那板，放在叠好了的柴木上。這美丈夫的防寒外套從領到裾，都被泥土和木屑弄得一榻胡塗了。

　　工作做得很快。從各條橫街和列樹路通到廣場的一切道路，都已被防障所遮斷。士官候補生們好像馬蟻，在防障周圍做工，別的獨立隊則分爲兩列，開快步經過廣場，向斯木連斯克市場和尼啓德門那方面去，又從那地方退了囘來。和這一隊一同，大學生，中學生，官吏和普通人等，也都肩了鎗，用了沒有把握的步調在行走。

　　拍，拍，吧，拍……

　　在登記處那里遠遠地聽到，尼啓德門附近和墨斯科大學那一面，射擊激烈起來了。伊凡很急于從速去參加戰鬭，幸而好容易纔被斯理文叫了過去，說道：

　　"去罷。已經挑選了哩，將那些本來有着心得的。要不然，就先得弄到校庭裏去操一天……但我們能夠卽刻去。"

　　一分鐘之後，伊凡已和一個銀鼠色頭髮的大學生，並排站在登記處附近的步道上面了，于是斯理文所帶的一隊，顯着不好意思的模樣，走出廣場，通過了伏士陀惠全加，進向發給武器的克萊謨林去。這時候，射擊聽去似乎就在隣近的高大房屋之後，平時很熱鬧的伏士陀惠全加則空虛，寂寞，簡直像是閉住了呼吸一般。只在大街的角落上，緊挨了牆壁，屹然站着拿鎗的士官候補生和義勇兵等。斯理文是沿了步道，在領隊前進的，但已聽到鎗彈打中兩面的房屋上部的聲音，剝落的油灰的碎片，紛紛迸散在步道上面了。

義勇兵等喫了一驚，簇成一團，停住脚，就想飛跑起來。斯理文所帶的一隊，就經過託羅易兹基門，進了克萊謨林，而克萊謨林則闃寂無人，呈着淒涼的光景。但已經看見了兵營的入口和門的附近的哨兵。

伊凡最初也看不出什麼異樣的情景來，覺得克萊謨林也還是歷來的克萊謨林模樣。那黃色的沉默的，給人以沉悶之感的兵營，久陀夫修道院的紅色的房屋，在這房屋對面的各寺院的金色的屋蓋，都依然如故，在兵營的厚壁旁邊，也仍舊擺着"大礮之王"。

然而一近兵器廠的門的時候，走在前面的義勇兵却愕然站住了。

"快走，快走，諸君！"斯理文不禁命令說。"快走！"

爲這所驚的伊凡，從隊伍的側面一探望，便明白那使義勇兵大喫一驚的非常的原因了。車路上，兵器廠和兵營之間的廣場上，無不狼藉地散亂着兵士的制帽，皮帶，撕破了的外套，折斷了的鎗身，灰色的麻袋之類；被秋天的空氣所潤澤的烏黑的的路石上，則斑斑點點印着紫色的血痕。在兵器廠的壁側，舊礮彈堆的近旁，又疊着戰死的兵士和士官候補生的尸骸，簡直像柴薪一樣。

滿是血污的打破了的頭，睜開着的死人的眼，浴血的一團糟的長外套，挺直地伸出着的脚和手。

就在兵器廠的大門的旁邊，離哨兵兩步之處，還縱橫地躺着未曾收拾的死屍，最近的兩具死屍的頭顱，都被打碎了，從血染的亂髮之間，石榴似的開着的傷口中，腦漿流在車路上。膠一般凝結了的血液，在路石上粘住，其中看去像是灰色條子的腦漿，是最使伊凡驚駭的了。

變成蒼白色了的義勇兵便即停步，連忙屏住呼吸，在那臉上，明明白白地顯出恐怖和嫌惡之情來。

站在門旁的一個士官候補生，略一斜瞥義勇兵的臉，便自沉默了。廣場也沉默了。這是一片爲新的未曾有的重量所壓住了的石頭的廣場。

"在這里是……出了什麼事呀？"有人發出枯竭的沙聲，問士官候補生說。

被問的士官候補生身子發起抖來，連忙轉臉向了旁邊，聲不接氣地說道：

"戰鬥……"

他是將這樣的質問，當作一種開玩笑了，候補生于是彷彿在逃避再來質問似的，經過了這些可怕的死屍的旁邊，走向對面去了。

　　"戰鬥……這是戰鬥哪,"伊凡一面想,一面用了新的感情,並且張開了新的眼,再來一望前面的廣場。

　　這以前,國內戰爭在他僅是一個空虛的沒有內容的音響,卽使有着內容罷,那也不過是微細的並不可怕的東西罷了。

　　國內戰爭是怎樣的呢?原以爲就如大規模的打架。所以這囘的戰鬥,會有這麼多的現在躺在眼前那樣的不幸的戰死者,是伊凡所未曾想到的。

　　打破了的頭顱,膠似的淤積着的血塊,流在車路上的腦漿,不成樣子的難看的可怕的人類的屍體,這就是國內戰爭。

　　伊凡覺得爲一種新的感覺所刼持,而且被其籠罩,發生了難以言語形容的氣促,呼吸都艱難起來了。向周圍一看,則前面的樞密院的房屋和久陀夫修道院的附近,都静悄悄地絕無事情,從那屋頂上,便看見高聳着各教堂的黃金的十字架。白嘴烏在克萊謨林的空中成羣飛舞,發着尖利的啼聲。天空已經明亮,成爲蔚藍,只有透明的,繞繚的花帶一般的輕雲,在向東飛逝,從雲間有時露出秋天的無力的太陽來。其時敎堂的黃金的十字架驟然一閃,那車路上的血痕,便也更加明顯地映在眼裏了。

流着腦漿的最末的兵士，是仰天躺着的，因爲滿是血污，也就看不出他是否年青，是否好看來了。但當看見日光照耀着那擦得亮晶晶的長靴和皮帶的銅具時，伊凡忽而想道：

"他是愛漂亮的。"

這思想異樣地使他心煩慮亂。現在也許他正用了只剩皮骨的手，在擦毛刷罷……

在兵器廠裏，將步鎗，彈藥囊，彈藥，皮帶等，發給了義勇兵。

義勇兵們好像恐怕驚醒了戰死者的夢似的，不知道爲什麽，總是用了低低的聲音談話，繫好皮帶，掛上彈藥囊去，不好意思地用手翻弄着鎗枝，大家都手足無措，舉動遲鈍起來了，不知怎的總覺得有意氣已經消沉的樣子……待到走出克萊謨林以後，這纔吐一口氣，和伊凡並排走着的大學生，便喧鬧地吹起口笛來，正在歎息，却忽而說道：

"阿，唉，唉，……唔唔，可怕透了。這就是叫作戰鬥劇的呀。哦哦。是的……"

于是又歎了一口氣。

誰也不交談一句話，大家的心情都浮躁了。只有斯理文一個還照舊,彈簧似的,撐開着而富于彈力性。

士官候補生之談

　　出了克萊謨林的一隊，徑到亞歷山特羅夫斯基士官學校，在這里加上了士官候補生和將校，一同向卡孟努易橋去了。斯理文使伊凡穿上士官候補生的外套，這是因爲當戰鬥方酣之際，工人的他，有被友軍誤認爲紅軍，而遭狙擊之虞的緣故。聽說這樣的實例，也已經有過了。這假裝，使伊凡略覺有趣了一下。

　　向卡孟努易橋去，是以四列縱隊前進的，士官候補生走在前面。這時步伐一致，一齊進行，所以大家也彷彿覺得暢快起來。四面的街道，空虛而寂靜，居民大概已經走避，留下的則躱在地下室中。一切房屋，都門扉緊閉，森森然，一切窗户，都垂下着窗幔，那模樣簡直像是瞎眼的魔鬼。而在這樣的街上發響者，則只有義勇兵們的足音。

　　沙，索。沙，索。沙，索。

這謦然的聲響，使大家興奮，而且將人心引到一種勇敢的工作上去了。

守備卡孟努易橋的，是義勇兵第二隊。擺着長板椅的石闌干的曲折之處，平時是相愛的男女，每夜在交談甘甜的密語的，現在却架了機關鎗，鎗口正對着札木斯克伏萊支方面。士官候補生和義勇兵，在橋上和橋邊的岸上徐步往來。大寺院和宮殿中，都不見人影子，但一切還像平時一樣，教堂的黃金的十字架在發光，伊凡鐘樓巍然高峙，城墻和望樓，以及種種的殿堂，都照舊顯着美觀；空中毫無雲翳，冷然在發青光，秋天的太陽，則無力地照耀着。教堂的圓蓋上面，有幾羣白嘴烏在飛舞，發着不安的啼聲。

在伊凡的眼中，還剩有在克萊謨林所見的毛骨悚然的光景。這華麗的大寺院和宮殿後面，却有被慘殺了的尸骸，藏在那舊礮彈的堆積的背後，想起來總覺得是萬分奇怪似的。

伊凡凍得縮了身軀，在岸邊徐步。外套失了暖氣，帽子不合頭顱，鎗身使手冷到像冰一樣。和他並排走着的大學生，則和一個大腦袋藍眼睛的士官候補生不住地在談天。

"對于暴力，應該還牠暴力的。"

"但是，這却太過了。"大學生說。

"爲什麽太過?這是當然的因果報應呵。因爲他們要來殺我們,所以我們殺了他們的呀。這就是戰鬥。"

伊凡知道,那是在講克萊護林界內的彼此衝突的事了。

"你就在那里麽?"他問士官候補生說。

士官候補生冷冷地一看伊凡。

"是的。從頭到尾。"

因爲參加了那樣特別時候的重大的戰鬥,而自己覺得滿足的士官候補生,是暗暗地在等候有人來問的。然而不知道爲什麽,伊凡却忽而懷了反感了。血塊,車路上的腦漿,在皮帶的銅具上發閃的日光……他將身子緊靠在河岸的石碣上,緊到連冷氣都要沁了進來,于是一聲不響了。從顯着體額含愁的臉相的他的軍帽下面,擠出蕾蓬鬆的頭髮,而且無無緣故地,他用勁捏緊了鎗身。

在橋下面,是潺潺地流着冷的澄淨的秋波,漾着沉重的涇氣。

大學生還在問,聽到冷冷的威嚇似的回答。

"等到他們降伏了,約定將武器抛在那記念碑旁邊的,看見麽,那記念碑?"

"看見的,"大學生答說。

"于是我們這隊就走過了門,進到克萊護林來了。因爲以爲他們講的是眞話呵。"

士官候補生暫時住了口。

"但是……他們是騙子。突然開鎗了。因爲知道我們是少數呵。用機關鎗……許多人給打死了。中隊的我的同僚也給打死了。體操敎師也給打死了。此外許多人給打死了……"

"哦。那麼,後來呢?"大學生急忙問道。

"後來我們就從古達斐耶橋那里,向着門突進,給他們沒有關門的工夫。鐵甲車來了,又一輛來了……于是就給他們一個當面射擊。當面射擊呵!"

士官候補生近乎大喝地說道:

"當面射擊呵!"

伊凡的心地覺得異樣了。

"後來我們這隊就用機關鎗和步鎗衝鋒。他們躱在兵營裏。從窗間和屋上來開鎗。但我們將他們……用當面射擊!于是狠狠着叫道:'降伏了'。有些窗子上是白旗。他們怕得失掉了人性子。爬爬跌跌,嚷着'饒命'。嗚嗚!喊着。渾身發抖,臉色鐵靑,跪下去。有的還在地面接吻,劃着十字這種情景哩。"

在伊凡的眼裏,立刻現出這爬爬跌跌,亂嚷嚷叫的人們的情景來，在石造的黃色的沉悶的屋子裏，往來奔逃，而機關鎗則在——拍拍拍拍地——將他們掃射。

"就使他們收拾了他們一伙的死屍的，"士官候補生說。"他們就堆在礮砲後面。見了沒有？那里就有着死屍哩。"

士官候補生的聲音中，響着自誇勝利的調子。

"就這樣地打爛了他們，占領了克萊謨林了。"

他歪着嘴，浮出微笑來。于是足音響亮地沿着橋的闌干走去了。

伊凡緊咬了牙關。

"見鬼！這便是那……"他禁不住想。

從士官候補生的談話裏透漏出來的殘酷，使他喫了驚。種種的思想，成爲旋風，吹進心裏去，發着一種緊張的哀傷的音響。他忽然想高擎步鎗，出乎頭頂之上，將這摔在橋下的水裏，頭也不囘地拔步飛跑了……但伊凡抑制着自己，知道這不過是一時的激情。

"就會平靜的。"

他忍耐着，來來往往，在河岸上走了許多時，脚步聲不住地在發響：

橐，橐，橐……

廣場上的戰鬪

正午時分，布爾塞維克從札木斯克伏萊克試向卡孟努易橋進攻，不知道從那幾個角落裏，礮聲大震，四鄰的人家的窗戶，都瑟瑟地響了起來。

士官候補生，將校和義勇兵們，就躱在河岸的石壁之後，開始應戰，在橋上，則機關鎗發出縫衣機器一般的聲音。伊凡連忙用石塊作爲障蔽，將鎗準備妥當，以待射擊的良機，側了耳朵傾聽着。

"在給誰縫防寒外套呀，"和伊凡並排伏着的大學生，將下巴橛向機關鎗那面，愉快地笑着說。"正好趕得上冬天哩。"

機關鎗是周詳審愼，等着好機會，停一會響一通。河對岸的大街上，時或有人叫喊，但那聲音，却覺得孤獨而悲哀。爲鎗聲所驚的禽鳥，慌忙飛上克萊謨林和救世主大寺院的空中，畫着圓圈，飛翔了一會，下來停在屋頂上，但又高飛而去了。

過了大約二十分鐘，波良加方面的鎗聲沉默了，又成了平靜。

"一定的，打退了，"大學生斷定說。

"一定的，"伊凡正從石壁後面走上，附和道。

他冷了，手脚全都凍僵，覺得受不住。在橋下面，河水微微有聲，空氣滿含着極寒的氣息，從水面騰起帶白色的水蒸汽來，義勇兵們無聊起來，聚成了個個的小圈，但談話總無興致。據哨兵的話，則在那些遠離市中央的街道上，擠滿着人們，布爾塞維克就混在羣集裏，向士官候補生開着鎗，然而什麼對付的辦法也沒有。

義勇兵第八隊就這樣寂寞地無聊着，在橋上一直到傍晚。

但這時候，在尼啓德廣場，戲院廣場，亞訂德尼·略特，普列契斯典加這些地方，到處盛行射擊，大家覺得布爾塞維克也許會進而突入後方，從背後襲來，立刻萬事全休的。然而從士官學校前來的別的義勇兵們，却以爲布爾塞維克的兵力並不多，所以不至于前進。

這報告使大家安心，但又無聊起來了。

一到傍晚,從札木斯克伏萊支方面傳來了鐘聲,河下的教堂的鐘,便即和這相應和。但那音響,却短而弱,而低。伊凡一想,就記得明天是禮拜日,所以在鳴鐘做晚禱了。

在鎗聲囂然的市街裏,聽到這平和的孱弱的鐘聲,是很可怕的。鎗聲壓倒了鐘聲,鐘聲也好像省吾了自己的無力,近地的教堂裏的先行絕響,遠處的也跟着停聲,于是在空虛的街街巷巷所聽到的,就和先前一樣,只有鎗聲了。

義勇兵第八隊離開橋上時,已是黃昏時分。全隊在亞歷山特羅夫斯基士官學校的大食堂裏用晚膳,食堂的天花板是穹窿形的,壁上掛着嵌在玻璃框裏的思服羅夫將軍的格言:"前進!時時前進!處處前進!"(伊凡看後,起了異樣的感覺)。食後並不休息,義勇兵第八隊便逕向尼啓德門那方面去了。

當此之際,伊凡乃得以觀察了隊員的態度。

不知道爲了什麽緣故,斯理文和伊凡疏遠了,所說的單是一些軍務上的事。士官候補生們則以冷靜而謹慎的態度,不加批判地,精確地實行着一切的事務。

大學生們,最初是意氣十分軒昂,大家大發了議論的。

他們並非簡單地來參加了戰鬪……不!他們是抱着各自的理想,前來參加了的。所以大家各以自己爲英雄,在爭論的樣子上，尤其是在不顧危險的態度上，就表現着他們的這樣的抱負。

但到第一天的傍晚，伊凡便看出他們已經疲乏，臉色青白，在談話裏，顯出焦躁的神情來了。

和伊凡並排的大學生加里斯淖珂夫——銀鼠色的頭髮，戴着擱在鼻梁上的眼鏡，穿着磨破了的長外套——大大地打了一個呵欠。他是善良的，溫和的人，有一種大聲說出自己的意見來的脾氣。

"阿，此刻可以睡了罷，"他想着，說。"這于身體是有益的。"

"是的，此刻該可以罷，"伊凡囘答道。

但其實也並無可以睡覺那樣的工夫。

隊伍從亞爾巴德廣場經過列樹路，走向尼啓德門去，這地方不住地在開鎗。義勇兵們將身子緊貼着牆，蟬聯着一個一個地前進。

鎗彈劈劈拍拍地打中列樹路的樹木，打下枝條來，落在附近的房屋上。因爲鎗彈響得太接近，太尖銳了，每一響，伊凡便不禁一彎腰，急忙從這凸角奔到那凸角去；大家也跳着走，彷彿被彈簧所撥了的一般。

一同集合在有着圓柱子的白堊房屋的門的附近，尼啓德門已經不遠了。

斯理文叫出連絡哨兵來，指示了該站的位置。在半點鐘以前，布爾塞維克已經沿着德威爾斯克列樹路，開始了前進，所以現在正是戰鬪很猛的時光。

"這好極了，"加里斯涅珂夫說，他在伊凡的後面。"整天閑着，眞要無聊到熬不住的。"

過了一會，斯理文不知道跑到那里去了，託一個年青的候補少尉，來做這隊的指揮。這時候，射擊愈加猛烈起來了。

兩個士官候補生忽然跳進了門裏面，那外套滿汙着壁上的白粉。

"怎麼了？"大家不禁爭問道。

"敵在前進。密集了來的。已經到了列樹路的喀喀林家附近了。"

形勢已經棘手了。又聽到鎗聲之後，接着起了喊聲。好像在大叫着"鳴拉"。

"聽到麼？在叫'鳴拉'。前進着哩。"

伊凡從門裏面一覷探，只見在垂暮的黃昏裏，有黑影從巴理夏埃・伏士那尼埃敎堂方面，向這里奔來。

"瞧罷。闖來了。"一個說。

大家定睛看時，誠然，在闖來了。

"我們也前進罷,"加里斯涅珂夫慌亂着說。"爲什麼不前進的？"

没有人囘答他。

尼啓德門邊的戰鬪

這之際，斯理文恰從外庭跑進來了。
"諸君，卽刻，散開着前進。準備！"
他迅速地分明地命令說。
"要挨着壁，一個個去的，"伊凡機械底地，自言自語道。

他的心窩發冷了，在背筋和兩手上，都起了神經性的戰慄。有誰能夠打死他伊凡・彼得略也夫之類的事，他是絲毫也沒有想到過的，只覺得一切仍然像是游戲一樣。

"那麼，前進，諸君！"斯理文命令說。"前去，要當心。"

士官候補生的第一團走出門去了。接着是第二團，此後跟了義勇兵伊凡和加里斯涅珂夫就都在那裏面。

在伊凡，覺得市街彷彿和先前有些兩樣了似的。列樹路上的樹木和望得見的灰色的房屋，仍如平日一樣，掛着藍色的招牌；只有一個店鋪的正面全部寫着"小酒店"的招牌,有些異樣,但列樹路上,却依然是晚禱以前的蕭森。

然而確已有些兩樣了。

"嗚拉！"加里斯涅珂夫忽然大叫起來,還對伊凡說,"嗚拉,跟着我來呀！"

于是跳到大街的中央,橫捏着鎗,並不瞄準地就放,疾風似的跑向對面的轉角上去了。……

"嗚拉！"別人也吶喊起來……

大家就好像被大風所捲一般,也不再想到躲閃,直闖向街面得街角去。前面的射擊來得正猛,恰如炒豆一樣,有東西飛過了伊凡的近旁,風撲着他的臉。但他只是拚命飛跑,竭力地大叫：

"嗚拉！嗚拉拉拉！"

加里斯涅珂夫跑在前頭,士官候補生和義勇兵們則恰如賽跑的孩子似的,跟在那後面。向前一看,只見昏暗的街上和廣場的周圍,黑色的和灰色的人影,已在紛紛逃走了。

"逃着哩。捉住他們。打死他們！"有人在旁邊叫着說。

"捉住！打死！"

劈拍,拍,劈拍拍！……——尖銳地開起鎗來了。

義勇兵和士官候補生們直到喀喀林家的邸宅,這纔躲在一家藥店的門口，停了步。現在列樹路全體都看得見了。布爾塞維克正在沿着兩側的牆壁，向思德拉司式廣場奔逃，有的屈身向地，有的在爬走，剛以爲站起來了，却又跑，又伏在地面上了。義勇兵們將鎗抵着肩窩，不住地響着閉鎖機，在射擊那些逃走的敵。

伊凡並不瞄準，只是乘了興在射擊，但在有一鎗之後，却看見工人們的黑色的人影倒在步道上，還想挣扎着起來，那身子陀螺一般在打旋轉了。

"呵，打着了！"伊凡憎惡地想，便從新瞄准了來開鎗。

他的心跳得很利害，太陽穴上轟轟地像是被鐵鎚所擊似的……他還想前進，去追逃走的敵人。但也就聽到了命令道：

"退却！散開退却！"

大家便向後退走，只留下了哨兵，都走進就在鄰近的橫街上的酒店裏。這地方是設備着暖房裝置的，要在這里休息憩一會，溫了身軀，然後再到哨兵線上去。

溫暖的，濃厚的空氣，柔和了緊張的心情，當斯理文和一個人交談之後，將全隊分爲幾部，說道："可以輪流去休息，有要睡的，去睡也行"的時候，伊凡頗爲高興了。

義勇兵們喧嚷着，直接睡在地板上，在講些空話。伊凡占據了窗邊的一角，靠了壁，抱着鎗，睡起覺來……

他覺得睡後還不到一秒鐘的時候，就已經有人站在他旁邊，拉着他的手說話了：

"起來罷。睡得眞熟呀。起來罷。"

伊凡沉重地抬了頭，但眼瞼還合着。

"唔？什麼？"

"起來罷。輪到我們了。"

還是那個鼻梁眼鏡的加里斯湟珂夫，微笑着站在他面前，手拿着鎗，正要裝子彈。

"哪，你眞會睡，"他說，奇妙地搖搖頭，還笑着："十全大補的睡。"

酒店裏面，人們來來往往，很熱鬧，然而大家都用低聲說話，只有斯理文和別一個留着顎鬚的中年的將校，却大聲地在指揮：

"喂，上勁，上勁！輪到第二班了！快準備！"

從外面進來了義勇兵和士官候補生們，但那臉面，都已凍得變成青白，呆板了。他們將鎗放在屋角上，走近暖爐，去烘通紅了的兩手和僵直了的指頭。從他們的身邊，放出潮溼和寒冷的氣息。伊凡站起身，好容易那麻痺了的兩脚這纔恢復過來。他的外套，棍子一般地挺着……

"趕快，趕快！"斯理文催促道。

義勇兵們擁擠着聚在門的近旁。

"要處處留神，諸君。放哨是不能睡的。一睡，不但自己要送命，還陷全隊于危險的。你，加拉綏夫，監視着這兩個人，"他嚴重地轉向一個留鬚的士官候補生，接着道："你負完全責任，懂了麽？好，去罷。"

于是一個一個從溫暖的酒店走出外面了。

射擊仍然繼續着。空氣中瀰漫着冷的，像要透骨一般的霧，

"勃嚕嚕嚕，好冷！"加拉綏夫抖着說。

霧如溼的蛛網一樣，罩住了人臉。大家因爲嚴寒，亢奮，以及立刻就須再到彈雨裏去的覺悟，都在神經底地發抖，竭力將身子縮小，來瞞過敵人的眼睛。

兩人跟着先導者，繞過後街，進了一所大的二層樓屋。這屋子，是前臨間道，正對着巴理夏耶·尼啓德街和德威爾斯克列樹路的。

先導者將伊凡和加里斯湼珂夫領進已給彈打壞的樓上的一間房子裏去了，但已有兩個士官候補生，在這房子裏的正對大街的壁下，他們就是和這兩個來換班。

微弱的黯淡的光，由破壞了的窗户，照在這房子裏。在

那若明若昧的昏暗中，一個士官候補生說明了在這里應做的事務。然而是義務底的語調，彷彿並無懇切之意似的。後來他補足道：

"布爾塞維克在那一角的對面的屋子裏。屋頂上裝着機關鎗。他們在想衝到喀喀林邸這面去。"他說着，指點了列樹路的那一邊。"要射擊這里的，所以得很留神。你瞧，這房子是全給打壞了。"

伊凡向四面一看，只見所有窗戶，都已破壞，因了鎗彈打了下來的壁粉，發着塵埃氣。順着門的右手的牆壁，橫倒着書櫥，在那周圍，就狼籍地散亂着書册，破泥靴所踐踏。

伊凡留着神，走近窗户去了。

列樹路全體都點着街燈，那是從戰鬪的前夜就點下來的，已經是第三晝夜了，角上的一盞燈，被鎗彈所擊破，炬火一般的大火焰，乘風在柱子上燃燒。因爲火光頗炫耀，那些荒涼的列樹路上的樹木的枝梢，以及突出在冰凍了的灰色的地面上的樹根，都分明可以辨別。一切陰影，都在不住地搖擺，映在緊張了的眸子裏，便好像無不生活，移動，戒備着似的。

士官候補生們走掉了。加里斯湟珂夫將一把柔軟的靠手椅，拉到掉的窗户那一面，做了下去，躲在兩窗之間的壁下，輕輕地放下鎗。

"很好！"他笑着說。"舒舒服服地打仗。你以爲怎樣？"

伊凡沒有回答。他默默地用兩脚將書籍推開，自己貼在窗戶和書廚之間的角落裏。他恐怖了，有着被鎗彈打得蜂窠似的窗戶的毁壞了的房子，擊碎了的家具，散亂在窗綠和地板上的玻璃屑，都引起他憂愁之念來。

拍！——在對面的屋子裏，突然開了鎗。

于是出于別的許多屋子裏的鎗聲，卽刻和這相應和。

一秒鐘之內，列樹路的對面的全部，便已鎗聲大作，電光閃爍了。鎗彈打中窗戶，鑽入油灰，飛進窗戶裏。

"現在射擊不得，"加里斯湼珂夫說。"看呀，他們，看見麽？……"

伊凡從窗框的橫檔下面，向瞎中注視，只見對面橫街上的點心店前面，有什麽烏黑的東西在動彈。加里斯湼珂夫恰如正要撲鼠的貓一般，蹋着脚，將鎗準備好，發射了。

伊凡看時，有東西在那店面前倒下了。

"嗳哈，"他發着獰笑，拿起鎗來，也一樣地去射擊。

四面的空氣震動着，發出令人聾瞶的聲音。

但一分鐘後——列樹路轉成寂寞了，只從不知道那裏的遠處，傳來着一齊射擊的鎗聲。

伊凡只準對着火光閃過的地方，胡亂地射擊。布爾塞維克似乎也已經知道開鎗的處所了，便將加里斯湼珂夫和伊凡躲着的窗户，作爲靶子，射擊起來。鎗彈有的打中背後的牆壁，有的打碎那膳在窗框上的玻璃，有的發着呻吟聲，又從磚石跳起，在後面的門外，時時有人出現，迅速地說道：

"要節省子彈。有命令的。"

于是又躲掉了。

"那是誰呀？"伊凡問。

"鬼知道他。也許是連絡勤務兵這東西罷。真討厭。"

伊凡是不知道連絡勤務兵的性質的，但一看見嚴厲地傳述命令的人，在門口出現，便不知怎地要焦躁起來，或是沉靜下去了。思想時而混亂，時而奔放。想到自己的家，想到布爾塞維克，想到連絡勤務兵，想到被踐踏了的書籍……眼睛已慣於房子裏的昏暗，碎成片片掛在壁上的壁紙，也分明地看見了。

加里斯湼珂夫默然坐着，始終在從窗間凝神眺望……遠處開了礮，頭上的空中殷殷地有聲。

"阿呵，這是打我們的，"加里斯湼珂夫說。"這飛到那里去呢？一定的，落在克萊謨林。"

他嘆一口氣，略略一想，又靜靜地說道：

"這回是眞的戰鬥要開頭了。墨斯科阿媽滅亡了。但在先前呢,先前。唉!'墨斯科……在俄羅斯人,這句話裏是融合着無窮的意義的。'是的。融合了的,就是現今也還在融合着。"

他又沉默起來,囘想了什麼事。

"是的。無論如何,墨斯科是可惜的。但是。同志,你以為怎樣?爲要保全俄羅斯,墨斯科遂迎接蠻族的大軍而層次遭了兵燹,又爲了要保全俄羅斯,而墨斯科遂忍受了壓抑和欺凌。'這樣的句子,是在中學校裏學過的。"

他自言自語似的,靜靜地,一面想,一面說,也不管伊凡是否在聽他。

破了沉寂,礮聲又起了。

'哪,聽罷,就如我所說的,"加里斯湟珂夫道,"就如我所說的。"

這之後,兩人就沉默下去。到了輪班,他們經過後院,走到街上,又向那温暖的酒店去了。

小酒店裏,士官候補生和大學生們長長地伸着脚,睡在地板上,幾個人則圍着食桌,在喫罐頭和乾酪。大桌子上面,罐頭堆積得如山,義勇兵們一面說笑,一面用刺刀摧開蓋子來,不用麵包,只喫罐裏的食物……伊凡已經覺得饑餓,便也狼吞虎嚥地喫起來了。

退　　却

　　義勇兵們是不脫衣服，用兩隻手墊在頭下睡着覺的。每一點鐘，便得被叫起來去放哨，但這好像並非一點鐘，僅有幾分鐘的睡眠，比規定時間還早，就被叫了起來似的。睡眠既然不足，加以躺着冷地板，坐着打瞌睡這些事，伊凡的頭便沉重起來，成了漠不關心的狀態了。嘴裏發着洋鐵腥，連想到罐頭也就覺得討厭。身邊有人在講兩個義勇兵，剛纔已被打死的事情。伊凡自己，也曾目覩一個同去放哨的大學生，當橫斷過市街時，倒在地下，渾身發着抽搐的。但是，這樣的事，現在是早已不足為奇，意識疲勞，更沒有思索事物的力量了。

　　伊凡恰如那上了螺旋的機器似的，默默地遂行了一切。有時也會發作底地，生出明瞭的意識來，然而這也真不過是一瞬息。有一回，忽然覺到門外已經是白晝了。誠然，很明亮,街燈雖然點着,却是黃金的小塊一般只顯着微黃,而並不發生光耀。什麼地方鳴着教堂的鐘,砲聲轟得更加猛烈。太陽從雲間露出臉來,輝煌了一下,又躲掉了。伊凡拚命地瞄了准,就開鎗,有時也看看門外,然而一切舉動,却全是無意識底的。只有一件還好的事,是加里斯涅珂夫在他的旁邊。但其實,那也並非加里斯涅珂夫,不過是磨破了的外套,灰色的圍巾,露出帽子底下的銀鼠色的頭髮,無意識地映在伊凡的眼裏罷了。

"就來換班麼?為什麼教人等得這麼久的?"加里斯捏珂夫時時大聲說。

但有人安慰他道:

"就來換班了。卽刻。"

小酒店裏,盛傳着不久將有援兵從戰線上到來,可薩克兵和礮兵,已經到了符雅什瑪德附近;大家爭先恐後,來看那載着種種有希望的報告的叫做"勞動"的新聞。

"不要緊的,同志們,我們的事是不會失敗的。我們所擁護的,是真的權利,是正義呀!"一個枯瘦的中學生說。"當然有幫手的。"

但他的聲音抑揚宛轉,大家就覺得討厭起來了:這是世界底事件,用不着什麼嬌滴滴的口吻。

喫乾酪和罐頭，睡了又起來，到哨位去開鎗，談論援兵，罵換班的慢，但大家所期望的，是像心縱意地睡一通。

然而要熟睡，是不行的，因爲只能彎腰坐着，或者躺在冰冷的地板上。

被叫了起來，前往哨位的時候，渾身作痛，恰如給人毒打了一頓似的。義勇兵的人數並不多，在小酒店裏，形成斑色的羣，走進走出，但大家都怨着輪班的太久。

"無休無息地怎麽幹呢？因爲在這裏已經混了兩日兩夜了，"大家說。

"已經兩日兩夜了麽！" 伊凡喫驚道。

屈指一算。不錯，過了兩日兩夜了……

在眼前時時出現的人們之中，伊凡明瞭地識別了的，是加里斯湼珂夫和加拉綏夫——小隊長——以及斯理文這三個。斯理文仍如第一天那麽緊張，高戴着羊皮帽，親自巡視哨位，激勵部下，說不久就有援軍要到，換班的也就來……他幾乎沒有睡過覺，所以兩眼通紅，而且大了起來。但態度却一向毫無變化之處，僅將掛在腰間的手鎗皮匣的口，始終開着，以便隨時可以拔手鎗。

大家都過着衝動底的生活。或者用了半意識的朦朧的腦，在作離奇的，不成片段的思想，一面打着瞌睡；或者全身忽然絃一般緊張起來，頭腦明晰，一切都卽刻省悟，動作也變成合適，從容了。

第二夜將盡，伊凡覺得起了精神的變化。這就是，忽然不覺疲勞，也不想睡覺了。大概別的人們也一樣，加里斯涅珂夫早不睡在暖爐旁邊了，正在大發議論，喫着和罐頭乾酪。他因爲跑得太急遺了一些，就失掉了鼻眼鏡，但又記不起是在什麽處所了。

"要瞄準了，——看不見照尺。怎的，這豈不怪麽？伸手向鼻尖上一摸，没有了眼鏡……唉，這眞是倒運！可有誰看見麽，諸君，我的眼鏡？"

大學生們從什麽地方搬了柴來，燒起小酒店裏的竈，于是所有桌子上，就出現了滾熱的噴香的紅茶的茶碗……大家欣然喝茶，起勁談話，在周圍隆隆不絕的鎗礮聲，關于負傷者和戰死者的述説，都早已毫不介意了。

所慮的只是鎗彈的不足。酒店的壁下，僅有着三個彈藥箱，義勇兵們給他評名，叫作"管賬先生"的一個士官候補生，很愛惜子彈，每發一囘，總是説：

"請注意着使用。請只打看得見的目標。"

有一夜，來了探報，説布爾塞維克有向着士官候補生們所佔據的總督衙門，立刻開始前進的模樣，大約是試來占領尼啓德門的。于是略起了一些喧嚣，斯理文便即增加了哨兵的人數。伊凡在哨位時，從思德拉司忒修道院那面，向着總督衙門開砲了。第一發的砲聲一震，被破壞了的窗玻璃就瑟瑟作響，從撕下了壁紙的處所，則落下洋灰來：

索索……索索……索索……

過了五分鐘，砲聲又作了 又開了一砲。鎗聲便如小犬見了龐大的狗，閉口不吠一般，沉默了下去。布爾塞維克那邊的街上，有人在發大聲，但那言語，却聽不分明，只是尖利地斷斷續續地叫喊着的那聲音，頗令人有恐怖之感。砲聲大約繼續了一點半鐘。那是夜裏，街燈燦然，列樹路上滿是搖動的物影，旁邊的露出的煤氣火，仍如第一夜，動得像有魂靈一般。

忽然，列樹路上到處起了機關鎗聲和鎗聲，喊着"嗚拉"。在昏暗的橫街上，工人和兵士的影子動彈起來了。

"嗚拉！占領呀！打呀！……"從那地方叫喊着。

義勇兵和士官候補生們開始應戰，將機關鎗拉進伊凡所在的房子裏，擺在窗户的近旁。臉相很好而略帶些威嚴的一個年青的候補少尉，裝上了彈藥帶。

拍拍拍…… 拍拍拍拍拍……——時斷時續地響了起來。

候補少尉巧妙地操縱了機關鎗。橫街上的騷擾更加厲害，不絕地叫着"鳴拉"，敵人猛烈地仍在一同前進。兵士和工人們的散兵，沿着列樹路，幾乎一無遮蔽地前行，義勇兵們將他們加以狙擊。有些敵兵，便跌倒，打滾，陷于瀕死的狀態了，但別人立刻補上，依然進擊，竭力連聲大叫着；

　　"鳴拉！占領呀！鳴拉！"

　　彈雨注在窗戶和墻壁上。全屋子裏，塵埃濛濛，成了危險而憂鬱，但機關鎗活動着，仍然在發響：

　　拍拍拍拍……

　　布爾塞維克的或是一個，或是兩個，或者集成小團，從馬拉耶·勃隆那耶街跑向喀喀林家去的光景，漸漸看得清楚了。候補少尉雖然向他們注下彈雨去，但並不能阻止他們的前進。恰如在那邊的深邃的橫街裏，有着滔滔不絕地湧了出來的泉水一般。

　　伊凡和加里斯涅珂夫站在窗邊，在狙擊。

　　布爾塞維克跑過街道，便藏在列樹路的樹木之下的黃色的小雜貨店裏。這麼一來，便是敵人幾乎已在比鄰了，但店鋪礙事，倒成了不能狙擊。

　　"放棄哨位！"有人在後院厲聲大叫道。

　　在昏暗的門邊，出現了斯理文。

"諸君,留神着退却。幫同來搬機關槍……"

候補少尉,加里斯澄珂夫和伊凡,便抬起機關鎗,運向後院去。大家慌忙從房裏跳進後院,拔步便走。在這裏,伊凡這纔看見了披頭散髮,發狂似的嚷着的女人們。

"阿,小爺,帶我們去!"其中的一個哭着說。

然而沒有一個人囘答:各自急着要從這裏離開。

加里斯湟珂夫之死

二十分鐘後，尼啓德門附近的區域，巳被布爾塞維克占領了。士官候補生和義勇兵們，便拋掉了剛剛舒服起來的温暖的小酒店，退向亞爾巴德方面，他們憤憤不平地退却，待到在一處停留時，纔知道那受了砲擊的總督衙門，落于布爾塞維克之手，他們邃出了占據着尼啓德門附近區域的義勇兵的後面了。

斯理文在伏士陀惠全加地方的一個敎堂之後，集合了部隊，檢點起人員來，知道退却之際，戰死了七名，其中之一的士官候補生加拉綏夫，後在院中彈而死，屍骸就拋在那地方，看護兵沒有收拾的工夫了。

周圍很昏暗。當興奮與恐怖之後，在這寂靜的處所，所分明感到的，是濃霧籠罩着市街的光景。

"諸君，就要反擊。准備着。"斯理文豫告道。

他的聲音，是缺少確信而底力微弱的，但大家却緊張起來，又振作了精神。

"這總是哩！我正這樣想呀！"加裏斯湼訶夫興高采烈地說。"我正在想，這退得古怪。因爲是很可以支持下去的……"

在亞爾巴德廣場上，看見放哨的士官候補生的影子，街燈明晃晃地在發光。電車站的附近燒着篝火，那周圍搖動着義勇兵和士官候補生的黑影。時有摩托車發出聲音，通過廣場，駛向士官學校方面去，或者肩着鎗的士官候補生的小團，開快步跑過了。

先以爲斯理文不知道到那里去了，而他已經和兩名將校和一團士官候補生一同囘來，宣告大家，一個長身的，中年的，鑲着假脚的將校，來當指揮之任。

"不要太興奮，諸君。最要緊的是護住自己，謹慎地前去。是跳上去的。要利用一切凸角和掩護物。前進，是沿着兩條橫街和列樹路而去的。決然地來行動罷。"

將校的話，是單純，平靜，簡直像是使青年去做平常的事務一般。一聽這平靜的口調，便心中泰然，准備做得很快，在敎堂前面的一家房屋上，將機關鎗裝好了。有士官候補生所編成的擲彈部隊來到。將校又將各部隊的部署和行動，簡單的說明了一遍,但那作戰計劃,是單純的,就是經過列樹路,去占領那在巴理夏耶・尼啓德街和尼啓德門的角上的廣庭,又從這地方來打退布爾塞維克。

義勇兵第八隊沿着列樹路前進。屋上的機關鎗不住地活動者:

拍拍拍拍拍拍拍拍拍拍……

從尼啓德門這方面,也起了步鎗和機關鎗的射擊,彈雨注在樹木的茂密處,淅淅作響,聽到了鎗彈的呻吟。

但義勇兵士官候補生,却面對着這彈雨,互相隔着大約一賽旬[1]半的距離, 默默地前進。在這尼啓德列樹路上,街燈是沒有點着火的,所以要藏身在房屋的牆下,列樹路的柵邊,以及種在兩旁的落了葉的大洋槐樹下,都非常便當。大家並不射擊,只是跑上去時,不料竟恰恰到了先前的小酒店的附近了。

喀喀林公爵邸——在路對面。那府邸的周圍,兵士和工人們來來往往,或者在路上交錯奔跑,或者在街角聚成一簇,或者打破了列樹路上的雜貨店,在奪取蘋果和點心……

義勇兵們躲在洋槐的樹蔭下,悄悄地集合了。斯理文提着手鎗,爬了上來。

(註1):俄尺名,I Sazhen 約中國七尺。

"立刻反攻。要一齊射擊的。"他用沙聲輕輕地說。"哪，諸君，瞄罷。要瞄準了來開鎗。一齊射擊！……"

大家一同動彈，整好射擊的准備。

伊凡屈下一膝，瞄準了一個身上携着機關鎗彈藥的帶高大的兵士。

"放！……"

拍，拍拍拍拍！——射擊發作了。

"小隊！"斯理文又命令道。

機關鎗格格地響了起來。

"放！……"

"小隊！…… 放！……"

"嗚拉！ 嗚拉！……"

斯理文，加里斯涅珂夫和其餘的人們，貓似的從樹蔭下跳出，向着不及提防，受了反攻的兵士和工人們正在倉皇失措之處衝鋒。當衝出來的時候，伊凡的帽子被樹枝拂落了，想囘去拾起來，機關鎗却已在耳朵上面發響……他就不戴帽子，跟在同人後面飛跑，一面射擊着那些在列樹路上逃竄的敵。竄進街角的一所房屋的門內去了的臉色青白的工人們，又奔出來想抵抗，但知道已被包圍，便抛了鎗，擎起兩手，尖利地嘶聲叫喊道：

"投降！投降！……"

義勇兵們神昏意亂，連叫着饒命的人也打死了，因爲沒有辨別的餘裕。

士官候補生們則從橫街跳到尼啓德街上，發着喊，衝進門裏去，向各窗戶射擊，泰然自若地在四面集注如雨的槍彈中。

變成猺猛了的伊凡，眼裏冒着紅煙，出神地在街上跑來跑去。跟着同人走進街角的一家的大庭院裏，將一個正要狙擊他的少年，用刺刀一半作樂地刺死了。在這大院的角上的塵芥箱後，還潛伏着布爾塞維克，行了一齊射擊。從橫街跑來的一隊士官候補生，便直衝上去，想捉住他們，然而剛在門口出現，就有兩個給打死了。但這不是躊躇的時候，大家便奮然叫喊起來：

"這邊！在這里。這邊！……"

"嗚拉！"加裏斯湼珂夫發一聲喊，跳進了門。士官候補生，義勇兵和伊凡，也都跟着他前進，但伊凡覺得有什麼熱熱的東西從對面飛來，卽刻心臟緊縮，毛髮直竪了。

"嗚拉！"他不自覺地喊着，看那些跑在前面的同人的後影，如在霧裏一般。

塵芥箱臨近了。加里斯湼珂夫走在前頭。到離箱不過一步了的中途，他忽然站住，身子一歪，叫了一聲跌倒了。

這之際，別的人們已在用了鎗刺痛擊那些伏在箱後的敵人……當伊凡跑到時，已經都被刺殺，軟軟地伸着脚躺在泥濘的石上了。只還有一個頭髮貼在額上的矮矮的工人，跳到角落去，揑好了鎗刺在准備襲擊，大約他已經沒有鎗彈了。伊凡瞄了準，一扳機頭，然而沒有響，他焦灼着再動一動閉鎖機，瞄了準，一扳機頭，還是沒有響，這纔省悟到鎗膛裏已經放完了子彈。

"唉……唉！……"他恨恨地大叫着，揮鎗刺跳向工人去。

那人臉色青白，露着牙，雖然顯出可怕模樣，但却好像忘掉了防禦之術似的。伊凡趕緊一跳上前，趁這工人不及措手之際，一刺刀刺進肚子去，拔出之後，又刺了一刀。他覺得鎗刺有所窒礙，但發着聲音刺進去了。工人想抵禦，抓住伊凡的鎗身，吁吁地喘着氣，動着他的嘴唇……

"呃嚇……呃嚇……呃……"他似乎要說話，但只是責備似的看定了伊凡。

伊凡毫不看他的臉，跳進那開過鎗的旁邊的房屋裏去了。這些地方，已經到處都是士官候補生和義勇兵，他們在聚集俘虜，又從頂閣上，茅廁裏，牀榻下，搜出躱着的人們，拖到廣庭那裏去。他們多數是未成年的，無所謂羞恥和體面，便放聲大哭起來，因爲他們以爲立刻就要被鎗斃了。

士官候補生和義勇兵們將俘虜送去後方，又跑進還在開鎗的屋裏去。斯理文已在那里了，使伊凡向角角落落去搜索，看可有布爾塞維克没有。在後房的衣櫥後面，躱着並無武器，而衣服襤褸的兩個人。一個從藏身之處走出，馴順地脫下帽子，牙齒相打着，說道：

"蓬儒爾·穆修。[1] 敬請高貴的士官候補生老爺的安……。"

別一個却發了嚇人的喊聲，所有的人們，連那馴順的一伙，也都喫了驚向他看，聽到這喊聲而跑來的斯理文，便用鎗托打他的頭，他這纔清醒轉來，意識底地環顧周圍，一聲不響了……搜檢這兩人的身體，在袋子裏發現了用膳的羮匙，時錶，銀的盃子匣之類，于是斯理文，伊凡，士官候補生，便都圍了上去，許多工夫，將這兩個人痛打，踢倒，踏他的臉，一直到出血。簡直好像是恨他們侮辱了大家一般。

但是，這恐怕是興奮之情所致的罷。帶走了這兩個俘虜之後，伊凡也略略恢復了常態，看一看周圍。

這房屋，是完全占領了，但在鄰近的屋上裝着蛟龍雕像

註1：Bonjour Monsieur，法語，"先生，今天好"之意。

的六層樓屋和喀喀林邸裏，却還藏着布爾塞維克，便從街對面的房屋的窗口，向這些窗戶去開了鎗。喀喀林家的一切窗間，立卽應戰，屋上機關鎗發響，猛烈地射擊着尼啓德列樹路和巴理夏耶・尼啓德街。劇烈的射擊，片時也沒有停止。

忽然間，在一角剛起了叫喊，却立刻響着猛烈的爆音。這是因爲擲彈隊將炸彈抛進喀喀林邸裏去了。爆發之後。射擊更加厲害，濃的白煙，打着旋渦從那設有藥店的樓上升起，遮蔽了樓屋的全正面。布爾塞維克從對着列樹路的門裏面跳出，跑過了正是士官候補生和伊凡站着的窗邊。

"站住！站住！捉住他們！……快叫瞄準的好手來，"士官候補生焦急着，並且拚命瞄準，在射擊那些逃去的敵人。

兵士和工人，有的跌倒了，有的翻筋斗，但那一部隊，却總算躱進小雜貨店的後面了。跑來了公認爲射擊好手的兩個士官候補生，讓給他們近窗的便當的地點，他們便卽開手來"獵人類"了。

火愈燒愈大　細的樹枝都看得分明。布爾塞維克逃避火燄，跑到列樹路上時，就陷在鎗火之下了。兩個士官候補生實在是射擊的高手，百發百中的。

從門口跳出黑黑的形相來。

吧！吧！——就是兩鎗。

那行相便已經倒下，在地面上挣扎了。

為了掃清射擊的地域，士官候補生們就去炸掉了雜貨店，早沒有藏身的掩護物了。

但布尔塞维克还想倖倖于万一。

倘从燒着的屋子跳出，想躲到什麽地方去，就一定陷于鎗火之下。士官候補生們是沉靜地，正確地，在從事于殺人，偶有逃進了街角後面的，便恨恨地罵詈。黑色的灰色的團塊，斑斑點點，躺在列樹路上。伊凡定睛一望，看見了滿是血污的頭和伸開的手脚。

火已經包住了那房屋的半部，煙燄捲成柱子，從窗口燃燒出來。物件倒塌作響。起了風。

但是，伏在屋上裝着蛟龍雕像那一家的望樓裏面的布爾塞維克，却還在猛烈地射擊庭院和大街，不放士官候補生們走近。要將他們從這裏驅逐，總很難。因為只有不過一條縫似的窗門，射擊並沒有效……

斯理文想出方法來，要求了對這房屋的礟擊。于是兩發的礟彈，立刻從亞爾巴德廣場飛來了。第一彈將小望樓打毀，和石塊的碎片一同，粉碎了的五個死屍和機關鎗以及步鎗的斷片，都落在廣庭上。第二彈一到，房屋的內部就起了火。布爾塞維克發着硬逼出來一般的叫聲，從屋裏奔出，沿着列樹路，逃向思德拉司忒廣場那面去。這樣一來，尼啓德門附近的區域，就又落在士官候補生們的手裏了。但喀喀林邸和屋上裝着蛟龍雕像的房屋，却是大火炬似的燒得正猛。

槍聲恰如人們悚然于自己的行爲一般，完全停止了。

從燒着的房屋裏，發出如瘋如狂的聲音：

"救命！救命！阿阿！……救命！……"

聽到了這聲音的人們，雖然明知道靠近的壁後，有着活活地焦爛下去的人，然而誰也沒有去救這人的手段和力量。

伊凡走出去，到了廣庭上。

看護兵正在這里活動，收拾戰死者。加拉綏夫被人打碎了前額，也沒有外套，挺直的躺着。不知是誰脫去了他的長靴，留下着自己的舊的破靴子，然而又不給他穿上，只放在脚旁邊，遠遠望去，還像穿着長靴一樣，加拉綏夫的脚，是非常之長的……加里斯涅珂夫躺在鐵的生鏽的塵芥箱旁，臉面因痙攣而抽緊，他當氣絕之際，用牙齒咬住着圍在頸上的圍巾。

又有人爬出廣庭來——兩個女人，孩子和跛脚的門丁。

"先前躱在那里了？"斯理文問他們說。

"那邊。躱在菜蔬舖子的房屋裏了。看得見罷?"門丁一面說,一面指着地下室的昏暗的窗門。

大家——斯理文,士官候補生們,伊凡——因了好奇心,向窗裏面窺探時,只見在幽暗的地板上,轉輾着二十來個人——都是這房屋裏的住戶。他們都以滿含恐怖的眼,看着伊凡和士官候補生。

斯理文來安慰他們。

"你們諸位要喫什麼東西麼?"

他們這纔放心了。

"我們喫是在喫的。因爲店裏就有罐頭和醃菜……"

一點鐘後,斯理文所帶的一隊,就和別一隊交代,走到休憩所去了。已是三日三夜之終。覺得雖是暫時,但究竟已離危險狀態的人們,便驟然精神恍惚起來。

他們經過了被火災照得明晃晃的市街,到了亞歷山特羅夫斯基士官學校……

礮火下的克萊謨林

想休息了,然而不能夠。在穹窿形的天花板,而地板上排着臥牀的,門口掛着"第五中隊"的牌子的一間細長形的房子裏,正在大發着紛紛的議論。但義勇兵們的送到這里來,是專爲了來睡覺的。伊凡傾耳一聽,是許多人們,在講我軍已被亂黨所包圍,在論某將軍應該逮捕,某人應該處死。

有一個則主張了立卽降服的必要——戰鬥下去,是無意義的。

"無論如何,總是敗仗。從前綫回來援助我們的軍隊,統統幫了布爾塞維克,和我們爲敵了……降服,是必要的……"

對于這辯土,起了怒罵:

"昏話。不如死的好!恥辱?"

到了戰鬥的第三天,伊凡這纔懷疑起來了:莫非這戰鬥，實在也沒有意義的麼？所有軍隊，都和布爾塞維克聯令，所有工人，都是敵人。莫非眞理竟在那邊的人們的手裏麼？伊凡是爲了想要尋求這眞理，所以跑進這陣營裏來的。然而在這裏……牠究竟在那里呢？

心裏煩悶了。

耶司排司説過：**沒有人知道眞理。**

他的話不錯麼？

伊凡踱着，像被誰灌了毒藥一樣。

也不再渴睡了；當斯理文派伊凡往新的哨位<u>克萊謨林</u>去的時候，倒覺得喜歡――派到<u>克萊謨林</u>去，是只挑了最可靠的人的。

到處在開礮。從荷特文加，<u>從思德拉司忒修道院</u>，從戈爾巴德橋，從札木斯克伏萊支，<u>都礮聲大作了</u>。那隆隆的巨聲，像送葬的鐘聲一樣，響徹了<u>墨斯科的天空。</u>

義勇兵們幾乎是開着快步，在街街巷巷往來奔馳，因爲士官學校和克萊謨林的礮擊，已經在開始了。

炸裂的榴霰彈的青色火，在<u>克萊謨林</u>的空中發閃，一時燦然照射了宮殿和寺院。鳴着雷，鐵雨向着圓蓋，宮殿，以及寂静的沉默了的修道院上傾注。

<u>克萊謨林</u>的内部，似乎是空虛的，並無生物。但定睛一

看,却在房屋的各門口,現着步兵的灰色的形姿。

街燈淒涼地照耀着。

義勇兵們停在兵營內並不久,編成兩人一組,散往各自的擔任地點去了。伊凡的擔任地點,是在伊凡鐘樓之下的珍寶庫入口的附近的哨位。珍寶庫早被破壞,所以庫內就不再派定人。

在哨位上的伊凡的戰友,是年青的士官候補生,他很想長保謹嚴的態度,然而無效,常常說話了。

兩人緊貼着石壁,最初是沉默着的。四面的步道上,滿是玻璃窗的碎片和打落了的油灰屑。

尼古拉宮殿和久陀夫修道院,已經崩壞得很可以了。

"是的,學校裏教過的:不向墨斯科和克萊謨林致敬者,只有俄羅斯的儱子。"年青的士官候補生沉思着,說,"但現在呢,胡鬧極了。是的。"

于是默然了一會,就迅速地唱起歌來:

　　勇者克萊謨林的山丘,
　　誰會在腋間挾走?
　　撞鐘伊凡的黃金帽,
　　又誰能搶了拿走?……

"可是這樣的人出現了。撞鐘人伊凡,怕也壽命不久了罷……"

士官候補生說着,將身子一抖,在壁下來回地走了起來。

"還在吟什麽詩哩,"伊凡心裏不高興了,看一看士官候補生的臉。

"你見了沒有?"士官候補生在伊凡旁邊站住,又來說話了:"聽說布爾塞維克曾經有過宣言,要毫不留情,將一切破壞。"

"破壞,"伊凡符合說。"我想,那是無所不爲的罷。"

"但他們究竟是怎樣的人呢?我還沒有見過真的布爾塞維克……兵士。兵士那些,是廢料,如果他們是布爾塞維克,那就如稱我爲大僧正一樣。"

伊凡記得立刻彼得爾·凱羅丁的模樣,記得了他那雄糾起的爽直的聲音。

"是些爽直的人們。倔强的。"

"阿呀,寺裏面在做什麽呀?"士官候補生指着久陀夫修道院說,只見各窗的深處,都點着蠟燭,人影是黑黑的。

"修士在做功課呵。"

"哼……做得得時。會被打死的。"

然而燭光逐漸明亮起來。在幽暗中，影子似的修士兩個，開了半壞的門，走出外面，開始打掃散亂着各種碎片的階沿了。

士官候補生跑過廣場，走到他們的旁邊。

"這是什麼的準備呀？"他問修士們說。

"奉移聖亞歷克舍的聖骨，"一個修士斷斷續續地回答道。

五分鐘後，行列就從門裏面慢慢地走出來了。伊凡和士官候補生都脫帽。黑衣的修士們手上各執點了火的蠟燭，靜靜地唱着歌，運着燦爛的靈柩。

"聖長老亞歷克舍，請爲我們祈禱上帝，"修士們靜靜地唱着。

轟，轟，轟！——砲聲發作了。在鄰近的屋頂上，響着榴霰彈。

修士們將靈柩從階沿運進黑門裏面去，神奇的幻影似的消除滅迹了。士官候補生戴上帽，又和伊凡並排將身子靠在石壁上。

"若要將聖骨運到墓地去，恐怕形勢是不對的了。"

孤 立 無 援

其實，是從什麼地方都沒有救援來。到了戰鬥的第五天，顯然知道友軍戰敗：布爾塞維克戰勝了。先前是將希望繫在從戰綫囘來的軍隊上的，但這些軍隊一進墨斯科，便立刻幫了布爾塞維克，向作爲派來救援的對象的這一邊，猛烈地攻擊起來。

可薩克兵停在山嶺上，勳也不動。在克拉斯努易門附進戰鬥了的將校部隊，有的降服，有的戰死；在萊福爾妥夫的士官候補生部隊，則會被殲滅了。

以正義的戰士自居的臨時政府的擁護者們，也嵌在鐵圈子裏，進退兩難了。

抗爭了，但已經沒有希望。

大家大概知道，早晚總只得讓步了。

伊凡在黑衣修士將亞歷克舍的聖骨運進地道去的那一

夜，便已省悟了這事情⋯⋯然而他不使在臉面上，現出這紛亂的，被壓一般的心情，還要英氣勃勃地說道：

"戰鬥呀。誰有正義，就勝的。"

但是，大家都意氣悄然。第一，是彈藥用完了。士官學校的兵士和門衞，到市街去，買了紅軍和喝醉了的兵士所帶的彈藥，藏在衣袋裏，拿了囘來。士官候補生們也化裝爲兵士坐摩托車到紅軍的陣營去，採辦彈藥，有時買來，有時被殺掉了⋯⋯

十一月一日的全夜，在克萊謨林防禦者，是最可怕的夜。可薩克兵和騎兵部隊，已從戰綫囘來了，但在穆若克附近，就被抑留，結果是宣言了不願與蜂起的民衆爲敵。這消息，由一個人的手送到亞歷山特羅夫斯基士官學校來，又傳給克萊謨林和各哨位。士氣沮喪了。彈藥已完，糧食無幾，負傷者又很多，白軍就完全心灰意懶⋯⋯而最大的打擊，則是斷盡了希望得到救援的線索。

這之際。敵人增加了兵力，身上穿起軍裝來。又敏捷，又勇敢，又大膽的水兵，到處出現，而且用着有大破壞力的六吋口徑礮，在轟擊克萊謨林的事，也證實了。

市廳的房屋，受了猛烈的射擊，藏在那裏面，對于克萊謨林防禦者給以許多幫助的市參事會和社會保安委員會的人們，也只好搬到覺得還可以避難的克萊謨林裏來了。

然而意氣的銷沉和絕望，是共通的，總得尋一條出路。

這一夜，佩克萊密綏夫斯卡耶塔的上層，遭了轟毀，思派斯卡耶塔為礮彈所貫通，尼古拉門被破壞，烏思班斯基大寺院的中央的尖塔和華西理·勃拉建努易寺院的圓蓋之一，都被礮彈打中了。

看起來，克萊謨林也不久就要收場。

伊凡在這一夜裏，在克萊謨林裏面，在卡孟努易橋，也在士官學校。

到處浮動着絕望的空氣。士官學校內，公然在議論投降，只有少壯血氣的人，還主張着繼續戰鬥。

"投降布爾塞維克——是恥辱。我們不贊成。我們還是衝出郊外去，在那里決一個勝負罷。"

這主張很合了伊凡的意：到郊外去，一個對一個戰鬥，來決定勝敗，那是很好的。待到輪到他發言的時候，便說道：

"應該戰鬥的。我想，如果再支持些時，布爾塞維克便將為工人所笑，所棄了。我說這話，就是作為一個工人……"

伊凡的話，很受拍手喝采了，然而敏感如一切敏感的辯士的他，却在心中覺着在聽他的議論者，乃是失了希望的疲乏已極的人們……然而出路呢?!出路在那里呢？必須有出路！必須有得勝的意志！

繳　械

這一夜，徹夜是議論紛紜，但到第二天的早晨，伊凡就知道已在作投降的準備。將無食可給的俘虜，從克萊謨林釋放了。迫于飢餓，疲于可怕的經驗的他們，便發着呻吟聲，形成了沉重的集團，從克萊謨林出伊里英加街而去。伊凡看時，他們都連爬帶跌的走，瘋子似的揮着拳頭，威嚇了克萊謨林。在這戰鬥的三日間，他們要死了好幾回，現在恰如從墳墓中逃出一般地跑掉了。

"嗚……嗚！……"他們憤恨地，而且高興地呻吟着。

這早上，又作購買彈藥的嘗試。主張衝出野外，一決勝負的强硬論者裏面的士官候補生和大學生們，就當了這購買彈藥之任，扮作兵士或工人，走出散兵綫外去，但即刻陷在交叉火綫之下，全部戰死了。

到正午，傳來了和議正在開始的消息，大家便互相述說，大約一點鐘後，戰鬥就要收束的。

　　活潑起來了。無論怎樣的收場，總是快點好，大家各自在心裏喜歡，然而藏下了這喜歡，互相避着正視。像是羞慚模樣，只有聲音却很有了些精神。

　　然而戰鬥還沒有歇。尼啓德門的附近，斯木連斯克市場的附近，戲院廣場，卡孟斯基橋，普列契斯典加街等處，都在盛行交戰。

　　市街的空氣，充滿着鎗礮聲。中央部浴了榴霰彈火。尼啓德門方面的空中，則有靑白的和灰色的煙，成着柱子騰起，那是三天以前遭了火災的房屋，至今還在燃燒。

　　斯理文的一隊，在防禦墨斯克伏萊吉基橋的附近，射擊了從巴爾刁格方面前進而來的布爾塞維克。

　　義勇兵們是只對了看得見的目標，行着緩射的，但到正午，彈藥已經所餘無幾了，每一人僅僅生了三發。焦躁得發怒了的斯理文，便用野戰電話，大聲要求了彈藥，還利用着連絡兵，送了報告去，但竟不能將彈藥領來。

　　"請你去領彈藥來罷！"斯理文對彼得略也夫說。"那邊遇見人，就講一講已經不能支持了的理由。"

　　伊凡前去了。

　　街道的情形多麼不同了呵！到處是空虛。街是靜的，鎗聲就響得更可怕。

哺……哺哺補！……

時時還聽到帶些圓味的手鎗的聲音。

拍，拍，拍。

家家的窗戶都被破壞，倒塌，那正面是弄得一榻胡塗。步道上散亂着碎玻璃和油灰塊，堆得如小山一樣。伊凡並不躲閃，在鎗聲中挺身前行。從炸裂的榴霰彈升騰上去的白煙，好像小船，浮在克萊謨林的空中，鐵雨時時注在近旁，將濃的沙煙擊起。然而伊凡已經漠不關心了。在麻木的無感覺狀態中了。在現在，就是看了倒在路上的戰死者，看了連戰五日五夜還是點着的街燈，也都無所動于中了……

有水從一家的大門口瀉出，瀑布似的，但他也並不留神或介意。

在馬術練習所得附近，恰在駐紮古達菲耶對面之處的一團可薩克兵那里，落下榴霰彈來。大約五分鐘後，伊凡經過那地方來一看，只見步道上有負了傷的馬在掙扎，一邊躺着兩具可薩克的死屍。別的可薩克兵們用韁繩勒住了嘶鳴的馬，愀然緊靠在馬術練習所的牆壁上。

"打死牠罷，何必使牠喫苦呢？"一個可薩克兵用了焦灼的沙聲説，大踏步走向那正在發抖喘氣的馬去，從肩上卸下鎗;將鎗彈打進兩匹馬的眉心。馬就全身一顫，伸開四脚倒下了。

這光景，不知道爲什麽很惹了伊凡的注意。

伊凡在尼啓德門附近的廣場裏，用刺刀刺了躱在塵芥箱後的工人的時候,那工人也一樣地全身起了抽搐的。

人,聖物,市街,這些馬匹，都消滅了。然而爲了什麽呢？

在士官學校裏,竟毫無所得,伊凡便在傍晚囘到墨斯克伏萊吉基橋來了。斯理文聽到了不成功,就許多工夫,亂罵着一個人，而伊凡却咬了牙關傾聽着。

"我打了他,看怎樣？"他的腦裏閃出離奇的思想來。

于是莫名其妙的惡意，忽然衝胸而起，頭發直竪,背筋發冷了。然而伊凡按住了感情,幾乎是飛跑似第到了街頭,站在橋上,將所剩的幾顆子彈向布爾塞維克放完了。

"這樣……給你這樣!哼,鬼東西!就這樣子!嚇!,哪！"

"在做什麽呀？你興奮着罷？"從旁看見了這情形的一個又長又瘦，戴着眼鏡的士官候補生，問他說。

伊凡並不囘答,只將手一揮。

到夜裏,傳來了命令,說因爲講和已成,可撤去哨位,在士官學校集合。

大家都大高興了。連斯理文,也不禁在大家面前說道:

"好不容易呀!"

但在伊凡,却覺得彷彿受了欺騙,受了嘲笑似的。

"你說,同志,好不容易呀,"他向斯理文道。"那麼爲什麼防戰了的呢?"

"斯理文有些慌張了,紅了臉,但立即鎮靜,用了發怒的調子回答道:

"可是還有什麼辦法呢?"

"什麼辦法?潔白的戰死呵!在戰敗者,可走的惟一得路,是——死。懂麼?"

"那又爲了什麼呢?"

"就爲了卽使說是射擊了流氓,究竟也還是成了射擊了我們的兄弟了……"

"我可不懂,同志。"

"唔,不懂,那就是了!"

斯理文臉色發青,捏起拳頭來,但又忍耐了下去。

聽着這些問答的士官候補生們,都面面相覷,凝視着昂奮得臉的伊凡。

"是發了瘋了,"在他的背後,有誰低聲說。

"不,我沒有發瘋。將戰爭弄開頭,却不去打到底的那些東西，這纔發着瘋哩！"伊凡忍無可忍了，大聲叱咤說。

誰也不來回答他。從此以後，誰也不再和他交談，當作並無他這一個人似的遠避了。

講和的通知，傳到了各哨位。

于是發生了情緒的興奮。布爾塞維克知道就要停戰，便**拚命猛射起來**，全市都是礮聲和步鎗射擊的聲音，幾乎要震聾人的耳朵。

同時白軍也知道了已無愛惜鎗彈的必要，就聊以洩憤地來射擊勝利者。最激烈的戰鬥，即在和議成後的這可怕的夜裏開始了。

將校們將自己的武器毀壞，自行除去了肩章。最富于熱血的人們，則誓言當俟良機，以圖再舉。

第二天的早晨，義勇兵們就在亞特山特羅夫斯基士官學校繳械了。

怎麼辦呢？

這幾天，華西理·彼得略也夫前塗失了希望，意氣沮喪，好像在大霧裏過活一般。

在三月革命終結之春的有一天，母親威嚇似的說道：

"等着罷，等着罷，魔鬼們。一定還要同志們互相殘殺的。"

阿，華西理那時笑得多麼厲害呵？

"媽媽，你沒有明白……到了現在，那里還會分裂成兩面呢？"

"對的，我不明白，"母親說。"母親早已老發昏，什麼也不明白了。只有你們，却聰明的了不得。……但是，看着罷，看着就是了。……"

現在母親的話說中了……大家開始互相殺戮。伊凡進了白軍，而舊友的工人——例如亞庚——却加入紅軍去。合同一致是破裂了。一樣精神,一樣境遇的兄弟們,都分離了去參加戰鬥。這是奇怪的不會有的事;這恐怖,還沒有力量夠來懂得牠⋯⋯

伊凡去了。

那一天,送了他去的華西理便佇立在街頭很長久,聽着遠遠的射擊的聲音。從地上瀰漫開來的霧氣,煙似的濃重地爬在地面上,沁入身子裏,令人打起寒噤來。工人們集成隊伍,肩着鎗,腰掛彈藥囊,足音響亮地前去了,但都穿着骯髒的破爛的衣服。恐怕是因爲免得陡然弄壞了衣服,所以故意穿了頂壞的的罷。

他覺得這些破落漢的烏合之衆,在武裝着去破壞市街和文化了。他們大聲談天,任意罵詈。

一個高大的,留着帶紅色的疏疏的鬍鬚的,兩頰陷下的工人,夾在第一團裏走過了。華西理認識他。他諢名盧邦提哈,在普列思那都知道,是酒鬼,又會偷,所以到處碰釘子,連工人們一伙裏也都輕蔑他。然而現在盧邦提哈肩着鎗,傲然走過去了。華西理不禁起了嘲笑之念。

"連這樣的都去⋯⋯"

然而和盧邦提哈一起,去的還有別的工人們——米羅諾夫和錫夫珂夫,他們是誠實的,可靠的,世評很好的正經的人們。米羅諾夫走近了華西理。

"同志彼得略也夫,爲什麼不和我們一道兒去的？打布爾喬亞去罷。"

兩手捏着鎗,精神旺盛的他,便露出潔白的牙齒,微笑了。

"不,我不去,"華西理用了無精打采的聲音,囘答説。

"不贊成麼？那也沒有什麼。各有各的意見的,"米羅諾夫調合低地説,又靜靜地接下去道：

"但你可有新的報紙沒有？……要不是我們的,不是布爾塞維克的,而是你們的……有麼？給我罷。"

華西理默着從衣袋裏掏出昨天的報紙"勞動"來,將這遞給了米羅諾夫。

"多謝多謝。我們的報紙上登着各樣的事情,可是眞相總是不明白。看不明白……"

他接了報章,塞進衣袋裏面去。

華西理留神看時,他的大而粗糙的手,却在很快地揉掉那報章。

"那麼,再見。將來眞不知道怎樣,"他笑着,又露一露雪白的牙齒,追着伙伴跑去了。

工人們接連着過去。他們時時歌唱,高聲説話,亂嚷亂叫。好像以爲國內戰爭的結果，是成爲自由放肆，無論說了怎樣長的難聽的話，也就毫無妨礙似的。

連十六七歲的學徒工人也去了，而且那人數多，尤其是惹人注目樣子。

智慧的人們和愚蠢的人們，盧邦提哈之輩和米羅諾夫之輩，都去了。

戰鬥正劇烈，鎗聲不住地在響。

巴理夏耶·普列思那得角角落落上，聚集着許多人。店鋪前面，來買糧食的人們排得成串，紅軍的一夥，便在這些人們裏面消失了。

華西理回了家。

母親到門邊來迎接他，但在生氣，沉着臉。

"走掉了？"她聲氣不相接地問。

"走掉了。"

母親垂下頭，彷彿看着脚邊的東西似的，不說什麼。

"哦，"他于是拉長了語尾，默默地駝了背，就這樣地離開門邊，頓然成爲渺小淒涼的模樣了。

"今天又要哭一整天了罷，"華西理歎息着想。"玉亦有瑕……"(1)

註1：古諺。

華爾華拉跑到門邊來了。她用了一夜之間便已陷了下去的,發熱的,試探一般的眼睛,凝視着華西理的臉。

"沒有看見亞庚麼?"

"我沒有走開去。單是送一送哥哥……"

"那麼,就是,他也去了?"

"去了。……"

華爾華拉站起身,望一望街道。

"我就去,"她堅決地說。

"那里去呀?"華西理問道。

"尋亞庚去。我將他,拉到家裏,剝他的臉皮。要進什麼紅軍。該死的小鬼。害得我夜裏睡不着。要發瘋……他……他……他的模樣總是映在我眼裏……"

華爾華拉嗚咽起來,用袖子掩了臉。

"亞克……亞庚謨式加,可憐的……唉唉,上帝呵……他在那里呢?"

"但你先不要哭罷。該不會有什麼事的,"華西理安慰說:"想是歇宿在什麼地方了。"

然而是無力的安慰,連自己也豫感着不祥。

"尋去罷,"華爾華拉說,拭着眼睛,"庫慈瑪·華西理支肯同我去的。尋得着的罷。"

華西理要安慰這機織女工，也答應同她去尋覓了。

一個鐘頭之後，三個人——和不放他出外的老婆吵了嘴，因而不高興了的耶司排司，機織女工和華西理——便由普列思那往沙陀伐耶街去了。街上雖然還有許多看熱鬧的人，但比起昨天來，已經減少。抱着或背着包裹，箱篋，以及哭喊的孩子們的無路可走的人們，接連不斷地從市街的中央走來。

射擊的聲音，起于尼啓德門的附近，勃隆那耶街，德威爾斯克列樹路，波瓦爾司卡耶街這些處所，也聽到在各處房屋的很遠的那邊。耶司排司看見到處有兵士和武裝了的工人的隊伍，便安慰機織女工道：

"一定會尋着的，人不是小釖兒……你用不着那麼躁急就是。"

機織女工高興起來，將精神一提，一瞥耶司排司，拖長了聲音道：

"上帝呵，你……"

她一個一個，遍跑了武裝的工人的羣，問他們看見紅軍兵士亞庚·羅卓夫沒有。

"是的，十六歲孩子呵。穿發紅的外套，戴灰色帽子的……可有那一位看見麼？"

他睜了含着希望的眼，疑視着他們，然而無論那里，囘答是一樣的：

"怎么會知道呢？因爲人多的很……"

有時也有人囘問道？

"但你尋他幹什麽呀？"

于是機織女工便忍住眼淚，講述起來：

"是我的兒子呵。我只有這一個。因爲眞還是一個小娃娃，所以我在擔心的，生怕他會送了命。"

"哦！但是，尋是不中用的。一定會囘去。"

沒心肝地開玩笑的人，有時也有：

"如果活着，那就囘來……"

機織女工因爲不平，流着淚一段一段只是向前走，沉悶了的不中用的耶司排司一面走，一面慌慌張張囘顧着周圍，華西理跟在那後面。

兩三處斷絕交通區域內，沒有放進他們去。

"喂，那裏去？囘轉！"兵士們向她喊道。"在這里走不得，要給打死的！"

三個人便都默然站住，等着就够通行的機會。站住的處所，大抵是在街的轉角和角落裏，這些地方，好像池中湧出的水一般，過路的和看熱鬧的成了羣，默默地站在那里，彷彿不以爲然似的看着兵士和紅軍的人們。

　　站在諾文斯基列樹路上時，有人用了尖利的聲音，在他們身邊大叫道：

　　"擎起手來？"

　　機織女工喫了驚，回頭看時，只見一個短小的，麻臉的兵士在叫着：

　　"統統擎起手來！"

　　羣衆動搖着，擎了手。母親帶着要往什麼地方去的一個七歲左右的男孩子，便裂帛似的大哭起來。

　　這裏來，同志們！"那兵士橫提着鎗，叫道。這里，這里這里……"

　　兵士和紅軍的人們，便從各方面跑到。

　　"怎了？什麽？"

　　他們一面跑，一面提好着鎗，準備隨時可開放。羣衆悚然，臉色變成青白了。

　　"有一個將校在這裏。瞧罷！"

　　兵士説着，用鎗柄指點了混在羣衆裏面得一個人。別的兵士們便將一個穿厚外套，戴灰色帽，蒼白色臉的漢子，拖到車路上。耶司排司看時，只見那穿外套的人臉色變成鐵青，努着嘴。

麻臉的兵士來剝掉他的外套。

"這是什麽?瞧罷?"

外套底下,是將校用外套,掛着長劍和手鎗。

"唔?他到那裏去呀?"兵士憤憤地問道。"先生,您到那里去呢?"

將校顯出不自然的笑來。

"慢一慢罷,您不要這麽着急。我是囘家去的。"

"哼?回家?正要捉拿你們哩,却囘家!到克萊謨林去,到白軍去的呵。我們知道。拿出證明書來瞧罷。"

將校取出一張紙片來,那麻子兵士就更加暴躁了:

"除下手鎗!交出劍來!"

"且慢,這是什麽理由呢?"

"唔,理由?除下來!狗入的!……打死你!"兵士紅得像茱萸一樣,大喝道。

將校變了顏色,神經底地勃然憤激起來,但圍在他四面的兵士們,却突然抓住了他的兩手。

"嚇,要反抗麽?同志們,走開!"

麻脸的兵士退了一步,同时也用鎗抵住了將官的頭……在谁——羣众,兵士们,连將校自己——都来不及动弹之際,鎗聲一響,將校便向前一蹌踉,又向後一退,卽刻倒在地上，抖也不抖，動也不動了。從頭上滾滾也流出鮮血來。

"唉唉，天哪！"羣衆裏有誰發了尖利的聲音，大家便如受了指揮一般，一齊拔步跑走了。最前面跑着長條子的耶司排司，在後面還響了幾發的鎗聲。兵士們大聲叫喊，想阻止逃走的羣衆，然而羣衆還是走。機織女工嘆着氣，喘着氣，和華西理一直跑到了動物園。

"阿呀，我要死了。這是怎麼一囘事？"她呻吟道。"沒有理由就殺人。無緣無故！……"

耶司排司等在動物園的附近。他臉色青白，神經底地撚着髭鬚。

"這是怎麼一囘事呵！不駭死人麽？"他說。

"真的，上帝呵，隨便殺人。在那裏還講什么！"她清楚地囘答說，但突然歇斯迭裏地哭了起來，將頭靠在路旁的圍墻上了。

耶司排司慨歎道：

"唉唉！……"

只有華西理不開口。但這殺人的光景，沒有離開過他的眼中。機織女工不哭了，拭了眼睛，在普列思那街上，向着街尾，影子似的靜靜地走過去。三個人就這樣地沉默着走。將到家裏的時候，耶司排司寧靜了一些，仰望着低的灰色的

天空,並且用了靜靜的誠懇的聲音說道:

"現在,是上帝在怒目看着地上哩。"

于是就沉默了。

母覓其子

從這一天起，住在舊屋子裏的人們，就都如被什麼東西壓住了似的在過活。這屋子範圍內，以第一個聰明人自居的，白髮的牙科女醫梭哈吉基那，便主張選出防衛委員來。

"誰也不準走進這里來：不管他是紅的，是白的，要咬架——就到街上去，可不許觸犯我們，"她說。"我們應該保護自己的。"

大家都同意了，趕緊選好委員，定了當值，于是從此就有心驚膽戰的人——當值者——巡視着廣庭。然而，沒有武器。不得已，只好用斧頭和舊的劈柴刀武裝起來，門丁安德羅普捐了一根冬天用以鑿去步道的冰的鐵棍

"防衛是當然的……如果要走進來，就用這傢伙通進他那狗鼻子裏去，"他蠕蠕地動着埋在白鬍子裏面的嘴，說。

"呵呵，老頭子勳了殺星了。在教人用鐵棍通進鼻子裏

去哩！"有人開玩笑道。

"不是應該的麼？已經是這樣的時候：膽怯不得了。"

"不錯，"耶司排司接着道。"咬着指頭躱起來，是不行的。沒有比這還要壞的時代了，簡直是可怕的時代呵。"

女人們也和男人一同來充警備之任，裹了温暖的圍巾，輪流在廣庭上影子一般地往來。只有機織女工沒有算進去，但她却往往自己整夜站在廣庭裏，欷着沉悶的氣，在們邊立得很久，側耳聽着街上的聲音。大家都怕見她了，一望見，就不說話，也怕敢和她交談。她來詢問什麼的時候，便用準備妥當了的句子囘答她，給她安慰。她的身子在發抖，臉是歪的，然而眼淚却沒有了。所以和她說話的人，就覺得彷彿爲鬼氣所襲似的。

禮拜六的早上——市街戰的第三天——就在近處起了礮聲。這，是起于"三山"上的尼古拉教堂附近，恰値鳴了晨禱的鐘的時候的。于是那鐘聲，那平和的基督敎的鐘聲，便立刻成爲怯怯的，可憐的音響了。

非常害怕，而意氣銷沈了的人們，聚到大門的耳門旁邊來，用了戰戰兢兢的眼色，向門外的街頭一望，只見那地方，在波浪一般的屋頂間，看見了教堂的黄金的十字架。

"在打克萊謨林哩，"不戴帽子，跑到門邊來的耶司排司，憤然說，"一定是什麼都要打壞了。"

轟！……——又聽到了破聲，恰如童話裏的蛇精一樣，㕭咻作響，飛在市街的空中，畢畢剝剝地炸裂了。

"怎麼樣！見了沒有？儘是放。市街全毀了……"

大家暫時站在門邊，聽着破聲。

華爾華拉在悄悄地啜泣。

"至聖的聖母呵，救救我們。這是怎麼一囘事呢？"她忽然說。"請你垂恩罷……"

這早上却沒有人安慰她；大家都膽怯而心傷了。

一隊紅軍，興奮着，開快步在外面的街上跑過。

"哪，已經是我們的勝利了。布爾喬亞完了。"其中的一個說。

"自然，那何消說得。"

被煤弄得漆黑的人們，滿足地，愉快地，說着話，接連着跑過去了。

"嗚，破落漢，"耶司排司的老婆古拉喀，恨恨地說壞話道。"這樣的賊骨頭精踢起市街來，是不會留情面的……"

"對呀。他們有什麼？他們，就是要失掉，也沒有東西，"貝拉該耶附和着說。

從榴霰彈噴上的白煙，像是白色的船，飄飄然浮在青空中，射擊更加猛烈了。古的大都會上，長蛇在發着聲音，盤旋蜿蜒，和這一比，人類便是渺小，可憐，無力的東西了。這一天，走到外面去的，只有華西理和機織女工兩個，她是無休無息地在尋兒子的。

一過古特里諾街，便不放他們前進了。機織女工于是走過戈爾巴德橋，經了兵士的哨位的旁邊，進了戰泉裏。她用那愁得陷下了的眼，疑視着正在射擊着不見形影的敵的，烏黑的異樣的人堆。

街道都是空虛的，人家都是關閉的，走路的很少，只是一躍而過。惟有糧食店前，飢餓的人們排着一條的長串。鎗彈在呻吟，但那聲音，却各式各樣。機關鎗一響，鎗彈便優婉地唱着，從屋頂上飛過去了。

然而，一聽這憂婉的歌，人們就驚懼起來，機織女工則緊貼在墻壁上。

但她還是向前走——向普列契斯典加，向札木斯克伏萊支，向盧比安加，向思德拉司忒廣場，那些正在劇戰的處所。

她是萬想不到亞庚會被打死的。

"上帝呵。究竟要弄到怎樣呢？獨養子的亞庚……"

但在心裏，却愈加暗談，淒涼，沉悶起來。

兵士和工人們一看見機織女工，吆喝道：

"喂，伯母，那里去？要給打死的！回轉罷！"

她回轉身，遶過了幾個區域，又向前進了。墨斯科是複雜錯綜的市街，橫街絕巷很不少，要到處放上步哨，到底是辦不到的。

于是沉在憂愁中間的機織女工，就在橫街，大街，絕巷裏奔波，尋覓她的兒子，還在各處的寺院和教堂面前禮拜，如在開賽里斯基的華西理，在珂欠爾什加的尼克拉，在格萊士特尼加的司派斯，在特米德羅夫的舍爾該。

"小父米珂拉，守護者，救人的。慈悲的最神聖的聖母，上帝……救助罷！……"

她一想到聖者和使徒的名，便向他們全體地，或各別地禱告，哭着祈求冥助。然而，無論那裏都看不見亞庚。

亞庚是穿着發紅的外套，戴着灰色的帽子出去的，所以倘在身穿黑色衣服的工人中，就該立刻可以看出。機織女工是始終在注意這發紅的外套的。但在那裏呢？不，那裏也沒有！倘在，就應該心裏立刻覺着了。

怎樣的沉憂呵！

有什么火熱的東西，炮烙似的刺着她的心，彷彿爲蒸汽所籠罩。

兩眼昏花，兩腿拘攣得要彎曲了。

"亞庚謨式加，可憐的，你在那里呢？……"

再走了幾步，心地又輕松起來。

"但是，恐怕聖母會保護他的……"

不多久，憂愁又襲來了……

機織女工終于拖着僵直的脚，靑着臉，喪魂失魄似的囘向家裏去了。她的囘家，是爲了明天又到街上來尋覓。

要獲得眞的自由

華西理被恐怖之念和好奇心所驅使，走到街上了。

"要出什麼事呢？該怎樣解釋呢？該相信什麼呢？"

駭人，神祕，不可解。

現在，墨斯科正有着奇怪的國內戰爭，是難以相信的。普列思那的市街，皤羅庭斯基橋附近的教堂，諾文思基列樹路一帶的高樓大厦，都仍如平常一樣。

而這仍如平常一樣，却更其覺得駭人。

墨斯科！可愛的，可親的墨斯科！……出了什麼大事了？槍磁聲，避難者，殺戮，瘋狂，恐怖……這是夢麼？

是的，這是可怕的，不可思議的惡夢。

然而並不是幻夢。

拍，拍，拍！……

在射擊。在親愛的墨斯科。在殺人。

並且不能從惡夢醒了轉來。

在巴理夏耶·普列思那,連日聚集着羣衆,關于這變亂的議論,紛紜極了,街頭像蜂鳴一樣,滿是囂然的人聲。大家都在紛紜推測,友軍能否早日得到了勝利。因爲普列思那的居民的大半,都左袒着布爾塞維克,所以是只相信他們的得勝的。

"他們已經完結了。直到現在,給我們喫苦,這囘可要輪到他們了。得將他們牽着示衆之後,倒吊起來。"

"是的,這囘可是反過來了。"

但在有這些地方,也聽到這樣的嘆息:

"要將市街毀完了,毀完了。要將俄國賣掉了!"

動物園的旁邊,已經禁止通行,裝好了轟擊亞歷山特羅夫斯基士官學校的大礮。因爲必須繞路,華西理便從橫街走出,到了市街的中央。喬治也夫斯卡耶廣場上,有兵士的小哨在。

"站住!要開鎗哩!站住!"他厲聲叫道。

通行人怯怯地站住了。

"擎起手來!"

那騎兵喝着,將勃朗寧鎗塞在通行人的眼前,走近身來,看通行證,粗魯地檢查攜帶品。

通行人們在這騎兵面前，便忽然成爲渺小的，可憐的人，不中用地張開了兩臂，用怯怯的聲音說明了自己。

"不行？回去！"爲權力所陶醉了的兵士命令說。

這兵士的眼珠是灰色的，口角上有着深的皺紋，沉重的眼色。他一面檢查華西理的携帶品，一面用高調子唱歌，混合酒的氣味，紛紛撲鼻，于是華西理的心裏，不禁勃然湧起嫌惡和恐怖之念來。

這高個子的騎兵，便是偷兒的盧邦提哈……這樣看來，不很清白的人們，在靠革命喫飯，是明明白白了。

在閃那耶廣場上，三個破爛衣服的工人，留住了坐着馬車而來的將校，當通行人面前，裝作檢查携帶品，搶了錢和時錶，泰然自若地就要走了。將校顯着可憐的臉色，囘過頭去，從工人的背後叫道：

"但我的錢呢？"

破爛衣服的一伙傻笑了一下。

"不要緊。還是去做禱告，求莫破財罷……"

將校從馬車上走了下來。

"諸君，這不是太難了麼？這是搶劫呀！"他向着通行人這一面，說。"怎麼辦纔好呢？告訴誰去呢？"

先前，華西理是看慣了意識着自己的尊嚴，擺着架子的將校們的模樣的，但看現在在羣衆面前倉皇失措，却是可憐的窮途末路的人。

羣衆都顯着蒼白的，苦澁的，可憐的臉相，站着。

華西理在大街上。橫街上，列樹路上，只管走下去。

胸口被哀愁逼緊了。

到處還剩着一些羣衆，討厭地在發議論，好像沒有牙齒的狗吠聲。倘向那吠着的嘴裏拋進一塊石頭去，該是頗爲有趣的罷。

華西理偶然走近這種議論家之羣去了。

一個戴着有帶子的無沿帽，又高又胖的人，正如一個大學生拼命爭論，手在學生的鼻子跟前搖來擺去。

"不，你們的時代，已經過去了。只會說。你們是騙子，就是這樣。"

"哼，爲什麼我們是騙子呢？"大學生追問說。

"爲什麼，你們將自由都撈進自己的懷去了呀！"

"這又怎麼說呢？"

"是這麼說的。現在我，聽呀，就算是一個門衞……在我這里過活的是四個孩子，老婆和我……我們的住房，是扶梯底下，走兩步就碰壁的房子。然而第三號的屋子裏，可是住着所謂貴婦人的，自己說是社會主義者，房子有八間，是只有三個人住的呵,是用着兩個使女的……從三月以來,你們儘嚷着'自由,自由',但我們却只看見了你們的自由呵。我是住在狗窠似的屋子裏的,六個人過活……然而貴婦人這東西呢,三個人住,就是房子八間。唔?這怎講?你們是自由,我們呢,無論帝制時代,你們的時代,都是狗窠——這是怎麼一囘事?我們的自由在那里呀?"

"但你……不懂自由的眞意義,"大學生有些窘急模樣,低聲說。

"應該怎樣解釋呀?"門衛輕蔑着,眯細了眼。"自由者,就是——生活的改良罷。"

"唔,那是……唔,但是,你們的工錢增加了罷。"

"哼,不錯!……是呀,增加了。我現在拿着一百盧布。但是,麵包一磅是四盧布。給孩子們,光靠食糧券是萬萬不够的……無論如何,總得要麥粉半普特(1)……那麼,加錢又有什麼用呢?唔?"

大學生一句話也沒有囘答,羣衆都同情門衛,左袒他。

"你們的所謂自由,在我們是煙一樣的東西。但我們現在要獲得自己的自由了。好的,眞的自由。要一切工人,都容易過活。是不是呢?"門衛轉臉向着羣衆,問道。

註1:三十六磅爲一普特。

"是的!當然,是的!"羣衆中有人答應説。

亞庚在那里？

戰鬥在初七的上午完結了。民衆成群的走出街頭來，一切步道，都被人們所填塞，然而不見亞庚，機織女工更加焦急了。他在那里呢？

"死的多得很。並且所有病院裏，都滿是負傷的人了。"

"庫慈瑪·華西理支，拜託你！"機織女工向耶司排司道。"同到病院裏去走一趟罷。"

"去的，去的！"耶司排司即刻同意了。

但到那里去好呢。人們說，負傷者是收容在病院裏面的，然而在墨斯科，病院有一千以上，勢不能一次都看遍……⋯⋯第一天兩個人同到各處的病院起訪查，窺探了滿堆着難看的死人的屍體室⋯⋯但到第二天，便分為兩路了，機織女工向荷特文加方面，耶司排司則向大學校這方面。奇怪的不安之念，支使了機織女工，她向病院和尸體室略略窺探了一下,便卽回到家裏來了。因爲她想像着,當出外尋訪着的時侯,亞庚也許已經回了家,一進廣庭,他正站在鎖着的門口,穿着發紅的外套,圓臉上帶了笑影,問道:

"媽媽,你上那里去了?"

這樣一想,心裏就和暖起來。這天一整天,她總記起那復活節的詩句:

"爲什麼在死者裏,尋覓生者的?爲什麼在消滅者裏,哀傷不滅者的?"

囘家一看,依然鎖着門,早晨所下的雪,就這樣地積在階沿上,毫不見有人來過的痕迹-她走到鄰家,問道:

"沒有人來過麽?"

"沒有。"

爲悲哀和焦灼所驅使的她,便又出外搜尋去了。

下午四點鐘光景,耶司排司在大學附屬的昏暗的屍體室裏,發現了亞庚。死了的他,倘在屋角的地板上,滿臉都是血污,憑相貌是分辨不出的了,靠着他先前到孔翠伏方面去捉鷯鴣時,常常穿去的發紅的外套,這纔能夠知道。

"唉唉,這是你了,"耶司排司淒涼地低低的說.'這是怎麼幹的呢?"

他暫時佇立着，想了一想，于是走到外面，在一處地方尋到了骯髒的馬車行，託事務員相幫，將死尸戴在橇上，蓋上帆布，運囘普列思那來了。

橇在前行，但很怕見機織女工的面。要怎麼說纔好呢？覺得路程頗遠似的。

剛近大門，機織女工巳從耳門走了出來。一看見耶司排司，一看見倘在地上，蓋着帆布的可怕的東西，便如生根在地上一般地站住了。耶司排司倉皇失措地下了車，眏着兩眼，怕敢向她看。她挺直地站着，然而驟然全失了血色，半開着口，合不上來。

"庫慈瑪·華西理支！"她尖利地急劇地叫道："庫慈瑪·華西理支！"

於是伸一雙手向着橇，低聲道：

"這⋯⋯是他？⋯⋯"

耶司排司發抖了，全身發抖了，他的細細的鬍子也抖動了，他低聲道：

"他呀，華爾華拉·格裏力戈也夫那。是他⋯⋯我們的亞庚·彼得羅微支⋯⋯他⋯⋯"

回想起來

　　繳械之后，傍晚，伊凡·彼得略也夫又穿上羊皮領子的外套，戴了灰色的帽子，精疲力盡，沿着波瓦爾斯卡耶街，走向普列思那去了。大街上到處有羣衆彷徨，在看給礮彈毀得不成樣子了的房屋。

　　波瓦爾斯卡耶街的慘狀很厲害。

　　一切步道上，到處散亂着磚瓦和壁泥的破片和碎玻璃；每所房屋上，都有礮彈打穿的烏黑的難看的窟窿。路邊樹大抵摧折；巴理斯·以·格萊普教堂的圓蓋倒掉了，內殿的聖壇也已經毀壞，只有鐘樓總算還站在那里。大街和橫街上，掘得亂七八糟，塞着用柴木，板片，家具造成的障柵。羣衆裏面，有時發出嘆聲。一個相識的電車車掌，來向伊凡問好。

　　"瞧熱鬧麼？很給了布爾喬亞一個虧哩！"他一面說。

　　伊凡不作聲。

"你在中央麼?一切情形,都看見了麼?"

"看見了。"

"這就是布爾塞維克顯了力量啊,哦!"

這車掌是生着鯰魚鬚的,從那下面,爬出蛇一般的滿足的笑來。伊凡胸中作惡,連忙告了別,又往前走了。

羣衆在大街上慢慢地走,賞玩而且歡欣。

這歡欣,不知道爲什麼,嚇了伊凡了。人們没有明白在墨斯科市街上所發生了的慘狀。

"但是,也許,應該這樣的罷?"他疲倦着,一面想。"他們是對的,我倒不麼?"

于是就不能判斷是非了。

突然閃出覺得錯了的意識,但立卽消減了。

怎能知道誰是對的呢?

"但是,要高興,高興去罷!……"

伊凡的囘去,華西理和母親都很喜歡。然而母親又照例地嘮叨起來:

"打仗打厭了麼?沒有打破了頭,恭喜恭喜。可是,等着罷,不久就會打破的呵。人們在談論你哩,說和布爾喬亞在一起。等着罷,看怎樣。等着就是了。"

"哪,好了,好了,母親,"華西理勸阻她,說。"還是趕快弄點喫的東西來罷。"

母親去打點食物的時候，伊凡就躺在牀上，立刻打鼾了。

"喂，不要睡！"華西理叫道。"還是先喫飽着。"

他走到伊凡的旁邊，去推他，但伊凡却仍然在打鼾。

"睡着了？"母親問道。

"睡着了。"

"但是，叫他起來罷。喫點東西好。"

華西理去搖伊凡的肩頭，摸他的臉，一動也不動。

"叫了醒來也還是不行。讓他睡着罷。"

"唔，乏極了哩，"母親已經用了溫和的聲音說話了，于是離開臥牀，歎了一口氣。

伊凡一直睡到次日的早晨，從早晨又睡到晚，從晚上又睡到第二天，儘是睡。醒來之後，默默地喫過東西，默默地擊好衣服，便到市街上去了。

睡了很久，力氣是恢復過來了，而不安之念却沒有去。他在毀壞到不成樣子了的市街上彷徨，傾聽着羣衆的談話，一直到傍晚。人們聚得最多的，是尼啓德門的附近，在那地方，延燒了的房屋，恰如羅馬的大劇場一般站着，彷彿卽刻就要倒塌下來似的。

伊凡爲好奇心所唆使，走進那曾經有過猛烈的戰鬥，現在是在平靜的街角上的房屋了的廣庭裏面去觀看了。庭院已經略加收拾，不見了義勇兵曾在那後面躱過的箱。門前的障柵是拆掉了，而那塵芥箱却依然放在角落裏，——放得仍如戰鬥當時那樣，被鎗彈打到像一個蜂巢。

伊凡走近那塵芥箱去。在這里，是他用刺刀刺死了工人的……

伊凡站住一想，那工人的模樣，就頗爲清楚地浮現出來了。

短小的，有着發紅的鬍子的工人，活着似的站在他前面。歪着嘴唇，張着嘴——發了可怕的嘶嘎的聲音的嘴——的情景，也歷歷記了起來。

連那工人那時想避掉鎗刺，用手抓住了伊凡所拿的鎗身的事，也都記得了。

"是不願意死的呵，"他想。

他在沉思着，但想要壯壯自己的氣，便哼的笑了一聲，而頸子和項窩上，忽而森森然傳來了難堪的冷氣。他向墻壁——那件可怕的事情的證明者——瞥了一眼，就走出了廣庭。

進這討厭的廣庭去，是錯的。伊凡走在街上的時候，就分明地省悟了這一點的,然而被殺的工人却總是跟定他的脚踪,無論到那裏,都在眼前隱現。

這很奇怪:到了刺殺以後已經過了幾天的此刻,而那時的一部分,却還時時浮到眼前來。其實,是在交戰的瞬息間,這些的一部分,原已無意識底地深印在腦裏了的,到了現在,却經由意識而顯現了。那工人的磨破了的外套,掛着線條的袖子,還有刺刀一刺之際,抓住了鎗身的大大的手,凡這些,都記得了起來。唉,那手!……那是滿是泥污的,很大的——工人的手。

一想起那雙手,伊凡便打了一個寒噤。不知道爲什麽,眼睛,臉,叫喊,嘶聲,都不是什麽大事情,而特別要緊的,却是那工人的大的手。

回想着做過了的一件錯事的時候,則逼窄的焦灼的心情,深伏在心坎裏的事,是常有的。這心情被拉長,被擠彎,終于成爲近于隱痛的心情,無論要做什麽,想什麽,這樣的心情就一定纏繞着。記起了死了的工人的手的伊凡的心情,便正是這東西了。後來還有加無已,火一般燒了起來,伊凡終于沉在無底的憂愁裏了。該當詛咒的工人!……

"倘若我不用刺刀去殺他,我就給他殺掉了的,"伊凡自解道,"兩不相下:不是他殺我,就是我殺他。何必事後來懊惱呢？唔，殺了，唔，這就完了。"

他將兩手一揮，彷彿心滿意足的人似的，取了自由的態度。

在大門的耳門那里，耶司排司顯着憂鬱的臉相，帶着厲害的咳嗽，正和他相遇。

"不行呢，伊凡・那札力支，不行。"

"什麼是不行呀？"

"我去看過了——舊的東西打得一榻胡塗，寺院眞不知毁掉了幾所……唔？這要成什麼樣子呀？是我們的滅亡罷。唔？"

"是的。不行。"

"聽到了麼？亞庚・彼得羅微支囘來了。我帶來的。"

"那個亞庚・彼得羅微支？"

"哪，就是那個亞庚，機織女工的兒子。"

"受傷了？"

"怎麼受傷？死了。我好容易纔認出他來的。唉唉，母親是悲傷得很。聽見罷？"

伊凡傾耳一聽。

從角落上的屋子裏，傳來着呻吟的聲音。

"在哭罷？"

"在號啕呵。拔下頭髮來，衣服撕得粉碎……女人們圍起來，在澆冷水那樣的大亂子。可憐得很……"

耶司排司順下眼去，不作聲了。

"這是無怪的，獨個的兒子；希望他，養大他，一眼也不離開他……然而竟是這模樣，"他又補足道，"倒了運了，眞沒有法子……"

伊凡不懂他在說什麽。

"但還有……還有誰死掉了罷？"

"自然呀。普羅訶羅夫斯卡耶紡紗廠的工人三個和機器工人一個給打死了……死的還很多哪……在準備公共來行葬式哩……"

耶司排司還在想講什麽事，但伊凡已經不要聽了。

"亞庚，亞庚謨加！……誰打死了他呢？自己所放的鎗彈，打死了他也說不定的，是不是？"

這樣一想，好不怕人。

對于人生有着堅固的信念的，剛強的他，一起這無聊的瑣屑的思想，也不禁忽而悄然戰慄起來。

"是怎樣的惡鬼呵！"

他茫然若失，又覺到可怕的疲勞了。

誰 是 對 的？

　　夜間不能成寐，有時昏昏然，有時沉在劇烈的思索裏。不知怎地，伊凡終于疑心起來，好像母親，華西理，耶司排司，全寓裏的人們，都在以他爲亞庚之死的凶手了。

　　這亞庚是蠢才。這樣的小鬼也到戰場上去了麼？……唉……

　　而且爲了這乳臭小兒的事，全寓裏都在哀傷，也覺得討厭起來了。夜裏，伊凡想看一看死人，走近機織女工的屋子去，但聽到了呻吟聲，于是轉身便走，只是獨自在昏暗的廣庭裏彷徨；完全沉鬱了，沉重的思想，鉛似的壓着他的心。

　　"誰是對的呢？"他問着自己，而尋不出一個答覆。

　　夜靜且冷，霧氣正濃。市街上起了亂射擊，但那是還在發見了反革命者的紅軍所放的。伊凡一面聽着這鎗聲，一面許多工夫，想着降在自己身上的不幸。

伊凡抱着淹在水裏的人似的心情,又彷徨了兩天。

到處是工人們在作葬式的準備,開會,募集花圈的費用。在會場上,則公然稱社會革命黨員爲奸細,罵冒他們的行爲。

伊凡不往工廠,也不喫東西,和誰也不說話,只是支撐着在市街上徘徊,好像在尋求休息的處所。

葬式的前一晚,伊凡往市街上去了。

一到夜,大街照例就空虛起來,霧氣深濃,街燈不點,聽到街尾方面,不知那里在出暗中有着猛烈的鎗聲。

伊凡在戈爾巴德橋上站住了。爲什麽?只是不知不覺地站住了。原也不到那里去。他能離開自已麽?沒有地方去!霧氣深濃……什麽也看不見。

伊凡站了許多時,傾聽着遠處的鎗聲和市街的沉默。市街是多麽變換了呵!

有人在霧中走過,形相消失了,只反響着足音。這之際,忽然想到那刺殺了的工人了。在霧中走過的,彷彿就是他,但這是決不會的。因爲那工人已經在生鏽的塵芥箱後面,兩脚蹬着地上的泥土,死掉了。他想起了這可詛咒的死亡的鮮活的種種的瑣事,感到了刺進肉裏去的刺刀的窒礙的聲音。那是一種令人覺得嫌忌的聲音。兩眼一閉,那工人因爲想從刺刀脫出，彎着脊梁，用做工做得難看了的兩手，抓住了鎗身的形相，也分明看見了。

在先前，是于一切事情都不留意，都不了然的。一切都迅速地團團迴旋，並沒有思索，感得，回憶的餘裕。

但到了過去了的現在，一切却都了然起來，被殺在塵芥箱後的工人的形相，在伊凡的腦裏分明地出現了。那時候，從伊凡的肩頭到肘髆，是筋肉條條突起的……因爲要刺人，就必須重擊，在鎗刺上用力。

又有人在霧中走過去，是肩着鎗的人，影子立刻不見了……那工人，是也是肩着鎗，向尼啓德門方面去，于是躲在塵芥箱後，開手射擊了的……

許多工夫，伊凡煩悶着什麼似的在囘想。

哦，是的！那時候可曾有霧呢？

他囘想着，不禁渾身緊張了。

且住，且住，且住！在沿着列樹路跑過去的時候……會有霧麼？有的！不錯，有的！

現在伊凡囘想起來：那時候，屋頂上是有機關鎗聲的。應該看見機關鎗。然而沒有見：給霧氣所遮蔽了。有的，有霧！

鬼！

用兩隻圓圓的大眼睛，那時是凝視了的，現在却一直鑽進伊凡的心坎裏來了。

霧。憂愁裏的市街。黑暗在逼來。黑暗。

伊凡且抖且喘，囘轉身就跑。

這晚上和夜裏，在伊凡是可怕的。汗將小衫粘在身體上，整夜發着抖。蒼白的，陰鬱的他，使母親和兄弟擔着憂，只在房子裏走來走去……點燈的時候，在屋角的椅子近旁的濃濃的影子，好像在動彈。伊凡于是坐在牆邊的長椅上，擱起兩隻脚，想就這樣地直到明天的早上了。

錯　　了！

　　早上，葬式開始了。然而寺院的鐘，不復撞出悲音，母親們也並不因戰死者而啼哭，也沒有看見黑色的喪章的旗。一切全是紅的，輝煌，活潑，有美麗的花圈，聽到雄糾糾的革命歌。孩子們，男女工人和兵士們，整然地排了隊伍進行，在年青的女人的手中，燦爛着紅紙或紅帶造成的華麗的花束。隊伍前面，則有一羣女子，運着一個花圈，上繫紅色飄帶，題着這樣的句子：

　　"死于獲得自由的鬭爭的勇士萬歲。"

　　從<u>普羅訶羅夫斯卡耶工廠</u>，運出三具紅色靈柩，向<u>巴理夏耶·普列思耶來</u>。工人的大集團，執着紅旗，背着鎗，在柩的前後行進，"你們做了決戰的犧牲……"的歌，雖然調子不整齊，但強有力地震動了集團頭上的空氣……並且合着歌的節拍，如泣如訴地奏起幽靜的音樂來。

苦于失眠之夜的疲乏的伊凡。在葬式的隊伍還未出發之前，便從家裏走出，毫無目的地在市街上彷徨了。

一切街道，都神經底地肅靜起來，電車不走了，馬車也只偶然看見，店鋪的大門，從早晨以來就沒有開。市街屏了呼吸，在靜候這葬式的隊伍的經過。秋的灰色的天空，是冰冷地，包着不動的雲。

伊凡過了卡孟斯基橋，順着列樹路，向札木斯克伏萊支去。在波良加，遇到了紅色柩和隊伍，大街上滿是人，羣集將伊凡擠到木柵邊去，不能再走，他便等在那里看熱鬧了。

掛着劈拍劈拍地在骨立的瘦馬的肚子上敲打的長劍的驃騎紅軍和民衆做先驅；後面跟着一隊揑好步鎗的紅軍，好像准備着在街角會遇到襲擊；再後面，離開一點，是走着手拿紅旗和花圈的男女工人們。旗的數目很多，簡直像樹林一樣，有大的，有小的，有大紅的，有淡紅的，處處也夾着無政府主義者的黑旗。隊伍的人們，和了軍樂隊的演奏，唱着葬式的行進曲，通紅的柩，在烏黑的隊伍的頭上，一搖一搖地過去了。

伊凡定睛一看，只見隊伍的大半，是青年們，也有壯年，竟也夾着老人。大家都脫了帽子，顯着誠懇的臉相在走，一齊虔敬地唱着歌。

紅色柩在旗幟和鎗刺之間搖動，紅軍沿着左右兩側前行。歌聲像要停止了，而忽然復起，唱着叫喊一般的"馬賽曲"，喧嚣的"伐爾賽凡曲"，以及舒徐的悽涼調子的輓歌。女人們的聲音，響得劈耳。

此後接着是紅軍——背着上了刺刀的鎗的工人數千名。

這一天，布爾塞維克是一空了墨斯科兵工廠，將所有的工人全都武裝起來了。

現在，在數千人的隊伍的頭上，突出着鎗和鎗刺，恰如樹林的梢頭。而隊伍中的工人，則彷彿節日那天一樣，穿了最好看的衣裝，行列整然地在前進……

被人波打在壁下的伊凡，饕餮似的目不轉睛地注視着行列。

就是他們。在前進。伊凡曾經決意和他們共同生活，爲此不妨拚出性命的那工人……在前進。

然而，他……他伊凡却被拉開了。許多許多的，這大集團，宛然一大家族似的在合着步調前進，而曾以墨斯科全區的工人團體的首領自居的他伊凡·彼得略也夫，却站在路邊，好像旁人或敵人一樣，旁觀着他們。

但是，無疑的，他是敵人。暴動的那天，他恐怕就射擊了現在跟在靈柩後面走着的這些工人們的罷？也許，躺在這靈柩裏面者，說不定就正是他所鎗殺的？」

伊凡思緒紛亂，覺得暈眩了，不自覺地閉了眼……囘想起來，當他空想着關于世界底變動的時候，描在他那腦裏的光景，就正是現在眼前所見那樣的東西。萬餘的工人，肩着鎗，走到街頭來。這是難以壓倒的軍隊！

而現在就在眼前走，這樣的工人們。

他們在唱歌。子彈裝好了，鎗刺上好了，皇帝在西伯利亞，布爾喬亞階級打得粉碎了，民衆砍斷了鐵鍊子，在向着"自由"前進……

伊凡苦痛得呻吟起來，切着牙齒。

"嗚，鬼！……錯了！！……"

葬式的隊伍一走完，他便囘轉身，向家裏疾走。因爲着急，走得快到幾乎喘不過氣來，愈快愈好。會尋到出路，修正錯誤的罷。囘了家的他，便從牀下的有鎖的箱子裏，取出勃郞寧手鎗來，走向瓦喀尼珂伏墳地，就在亞庚的墳的近旁，將子彈打進自己的太陽穴裏去了。在闃其無人的墳地裏的鎗聲，是萎靡而微弱的。

兩禮拜過去了。

市街以驚人的速度，**恢復**了可怕的戰鬥的傷痕。到處在**修理毀壞**的門窗，打通的屋頂和墻壁，倒掉的柵闌，工人的**羣**拿出尖鋤和鏟子來，弄平了掘過壕塹的街街巷巷的地面。

人們彷彿被踏壞了巢穴的螞蟻似的，四處紛紛地在工作。

據正在戰鬥時候的話，則因爲莫斯科沒有玻璃，此後三年間，被射擊所毀的窗户，是恐怕不能修復的。

然而第二個禮拜一完，還是破着的窗玻璃就幾乎看不到了。

人們發揮了足以驚異的生活能力了。

只有克萊謨林依然封鎖起來，和那些不成樣子的窗和塔，都還是破壞當時的模樣。

而在普列思那的舊屋子裏，也還賸下着哀愁。

後　　記

　　作者的名姓，如果寫全，是 Aleksandr Stepanovitch Yakovlev。第一字是名；第二字是父名，義云"斯台班的兒子"，第三字纔是姓。自傳上不記所寫的年月，但這最先載在理定所編的"文學底俄羅斯"（Vladimir Lidin: Literaturnaya Russiya）第一卷上，于一九二四年出版，那麽，至遲是這一年所寫的了。一九二八年在墨斯科印行的"作家傳"（Pisateli）中，雅各武萊夫的自傳也還是這一篇，但增添了著作目錄：從一九二三至二八年，已出版的計二十五種。

　　俄國在戰時共產主義時代，因為物質的缺乏和生活的艱難，在文藝也是受難的時代。待到一九二一年施行了新經濟政策，文藝界遂又活潑起來。這時成績最著的，是瓦浪斯基在雜志"赤色新地"所擁護，而託羅兹基首先給以一個指明特色的名目的"同路人"。

"'同路人'們的出現的表面上的日子,也可以將'綏拉比翁的弟兄'于一九二一年二月一日同在'列寧格勒的藝術之家'裏的第一回會議,算進裏面去。(中略)。在本質上,這團體在直接底的意義上是並沒有表示任何的流派和傾向的。結合着'弟兄'們者,是關于自由的藝術的思想,無論是怎樣的東西,凡有計劃,他們都是反對者。倘要說他們也有了綱領,那麼,那就在一切綱領的否定。將這表現得最爲清楚的,是淑雪兼訶 M. Zoshchenko):'從黨員的見地來看,我是沒有主義的人。那就好。叫我自己來講自己,則——我既不是共產主義者,也不是社會革命黨員,又不是帝政主義者。我只是俄羅斯人。而且——政治底地,是不道德的人。在大體的規模上,布爾塞維克于我最相近。我也贊成和布爾塞維克們來施行布爾塞維主義。(中略)。我愛那農民的俄羅斯。'

"一切'弟兄'的綱領,那本質就是這樣的東西。他們用或種形式,表現對于革命的無政府底的,乃至巴爾底山(襲擊)隊底的要素(Moment)的同情,以及對于革命的組織底計劃底建設底的要素的那否定底的態度。"(P.S.Kogan:"偉大的十年的文學"第四章。)

"十月"的作者雅各武萊夫,便是這"綏拉比翁的弟兄"們中的一個。

但是,如這團體的名稱所顯示,雖然取霍夫曼(Th. A. Hoffmann)的小説之名,而其取義,却並非以綏拉比翁爲師,乃在恰如他的那些弟兄們一般,各自有其不同的態度。所以各人在那"沒有綱領"這一個綱領之下,內容形式,又各不同。例如先已不同,現在愈加不同了的伊凡諾夫(Vsevolod Ivanov)和畢力涅克(Boris Pilniak),先前就都是這團體中的一分子。

至于雅各武萊夫,則藝術的基調,全在博愛與良心,而且很是宗教底的,有時竟至于佩服教會。他以農民爲人類正義與良心的最高的保持者,惟他們纔將全世界連結于友愛的精神。將這見解具體化了的,是短篇小説"農夫",其中描寫着"人類的良心"的勝利。我曾將這譯載在去年的"大衆文藝"上,但正只爲這一個題目和作者的國籍,連廣告也被上海的報館所拒絕,作者的高潔的空想,至少在中國的有些處所是分明碰壁了。

"十月"是一九二三年之作,算是他的代表作品,並且表示了較有進步的觀念形態的。但其中的人物,沒有一個是鐵底意志的革命家;亞庚臨時加入,大半因爲好玩,而結果却在後半大大的展開了他母親在舊房子裏的無可挽救的哀慘,這些處所,要令人記起,安特來夫(L. Andreev)的"老屋"來。較爲平靜而勇敢的倒是那些無名的水兵和兵士們,但他們又什九由于先前的訓練。

然而,那用了加入白軍和終于彷徨着的青年(伊凡及華西理)的主觀,來述十月革命的巷戰情形之處,是顯示着電影式的結構和描寫法的清新的,雖然臨末的幾句光明之辭,並不足以掩蓋通篇的陰鬱的絕望底的氛圍氣。然而革命之時,情形複雜,作者本身所屬的階級和思想感情,固然使他不能寫出更進于此的東西,而或時或處的革命,大約也不能說絕無這樣的情景。本書所寫,大抵是墨斯科的普列思那街的人們。要知道在別樣的環境裏的別樣的思想感情,我以爲自然別有法兌耶夫(A. Fadeev)的"潰滅"在。

他的現在的生活,我不知道。日本的黑田乙吉曾經和他會面,寫了一點"印象",可以略略窺見他之爲人:

"最初,我和他是在'赫爾岑之家'裏會見的,但卽在許多人們之中,雅各武萊夫又不是會出鋒頭的性質的人,所以沒有多說話。第二囘會面是在理定的家裏。從此以後,我便喜歡他了。

"他在自敍傳上寫着：父親是染色工，父家的親屬都是農奴，母親的親屬是伏爾迦的船伙，父和祖父母，是不能看書，也不能寫字的。會面了一看，誠然，他給人以生于大俄羅斯的'黑土'中的印象，'素朴'這字，卽可就此嵌在他那里的，但又不流于粗豪，平靜鎭定，是一個連大聲也不發的典型底的'以農奴爲祖先的現代俄羅斯的新的知識者'。

"一看那以墨斯科的十月革命爲題材的小說'十月'，大約就不妨說，他的一切作品，是敍述着他所生長的伏爾迦河下流地方的生活，尤其是那社會底，以及經濟底的特色的。

"聽說雅各武萊夫每天早上五點鐘光景便起牀，淸潔了身體，靜靜地誦過經文之後，這纔動手來創作。睡早覺，是向來幾乎算了一種俄國的知識階級，尤其是文學者的資格的，然而他却是非常改變了的人。記得在理定的家裏，他也沒有喝一點酒。"（"新與文學"第五號1928。）

他的父親的職業，我所譯的"自傳"據日本尾瀨敬止的"文藝戰線"所載重譯，是"油漆匠"，這里却道是"染色工"。原文用羅馬字拼起音來，是"Ochez-Mal'Yar"，我不知道誰算譯的正確。

這書的底本，是日本井田孝平的原譯，前年，東京南宋書院出版，爲"世界社會主義文學叢書"的第四篇。達夫先生去年編"大衆文藝"，徵集稿件，便譯了幾章，登在那上面，後來他中止編輯，我也就中止翻譯了。直到今年夏末，這纔在一間玻璃門的房子裏，將牠譯完。其時曹靖華君寄給我一本原文，是"羅曼雜誌"（Roman Gazeta）之一，但我沒有比照的學力，只將日譯本上所無的每章標題添上，分章之處，也照原本改正，眉目總算較爲清楚了。

還有一點贅語：

第一，這一本小說並非普羅列泰利亞底的作品，在蘇聯先前並未禁止，現在也還在通行，所以我們的大學教授拾了僑俄的唾餘，說那邊在用馬克斯學說掂斤估兩，多也不是，少也不是，是誇張的，其實倒是他們要將這作爲口實，自己來掂斤估兩。有些"象牙塔"裏的文學家于這些話偏會聽到，弄得臉色發白，再來遙發宣言，也實在冤枉得很的。

第二，俄國還有一個雅各武萊夫，作"蒲力汗諾夫論"的是列寧格勒國立藝術大學的助教，馬克斯主義文學的理論家，姓氏雖同，却並非這"十月"的作者。此外，姓雅各武萊夫的，自然還很多。

但是，一切"同路人"，也並非同走了若干路程之後，就從此永遠全數在半空中翺翔的，在社會主義底建設的中途，一定要發生離合變化，珂干在"偉大的十年的文學"中說：

"所謂'同路人'們的文學，和這（無產者文學），是成就了另一條路了。他們是從文學向生活去的，從那有自立底的價值的技術出發。他們首先第一，將革命看作藝術作品的題材。他們明明白白，宣言自己是一切傾向性的敵人，並且想定了與這傾向之如何，並無關係的作家們的自由的共和國。其實，這些'純粹'的文學主義者們，是終於也不能不拉進在一切戰線上，沸騰着的鬥爭裏面去了的，于是就參加了鬥爭。到了最初的十年之將終，從革命底實生活進向文學的無產者作家，與從文學進向革命底實生活的'同路人'們，兩相合流，在十年之終，而有形成蘇維埃作家聯盟，使一切團體，都可以一同加入的雄大的企圖，來作紀念，這是毫不足異的。"

關于'同路人'文學的過去，以及現在全般的狀況，我想，這就說得很簡括而明白了。

一九三〇年八月三十日

　　　　　　　　　　　　　　　　　　譯者

中華民國二十二年二月初版發行

十月

普及本

版權所有・不許翻印

編譯者　魯　迅

發行者　李　沃　齡
　　　　上海河南路一三六號

印刷者　神州國光社印刷所
　　　　上海新聞路福康路

總發行所　神州國光社總店
上海河南路一三六號
電報掛號七二七三號
無線電報掛號7273號

分發行所　神州國光社分店
北平宣內大街
廣州財廳前花牌樓
濟南商埠緯二路

實價大洋六角（外埠酌加郵匯費）

神州國光社刊行創作書目

厄運	彭芳帥著	實價四角
寒夜集	彭芳帥著	實價四角
落花曲	彭芳帥著	實價六角
歸雁	黃廬隱女士著	實價五角
雲鷗情書集	黃廬隱女士著	實價五角
沈從文甲集	沈從文著	實價一元二角
素箋	陸晶清女士著	實價五角
病院中	程碧冰著	實價八角
一個婦人的供狀	周樂山著	實價六角
所思	張申府著	實價六角
戰時日記	王禮錫著	實價九角
滬戰中的日獄	李浴日著	實價二角五分
低訴	陸晶清女士著	實價三角